LOVE BEGINS IN WINTER

Simon Van Booy

爱,始于冬季

〔英〕西蒙·范·布伊 著　刘文韵 译

人民文学出版社
PEOPLE'S LITERATURE PUBLISHING HOUSE

著作权合同登记号　图字 01-2024-5762

Simon Van Booy
LOVE BEGINS IN WINTER

图书在版编目(CIP)数据

爱,始于冬季/(英)西蒙·范·布伊著;刘文韵
译.—北京:人民文学出版社,2017(2025.1重印)
(短经典精选)
ISBN 978-7-02-012522-7

Ⅰ.①爱⋯　Ⅱ.①西⋯　②刘⋯　Ⅲ.①短篇小说-小
说集-英国-现代　Ⅳ.①I561.45

中国版本图书馆 CIP 数据核字(2017)第 042001 号

总 策 划:黄育海
责任编辑:卜艳冰　欧雪勤
封面设计:好谢翔

出版发行　人民文学出版社
社　　址　北京市朝内大街 166 号
邮政编码　100705

印　　制　凸版艺彩(东莞)印刷有限公司
经　　销　全国新华书店等

开　　本　890 毫米×1240 毫米　1/32
印　　张　5.875
字　　数　120 千字
版　　次　2011 年 4 月北京第 1 版
印　　次　2025 年 1 月第 5 次印刷

书　　号　978-7-02-012522-7
定　　价　65.00 元

如有印装质量问题,请与本社图书销售中心调换。电话:010-65233595

SHORT CLASSICS
短经典精选

献给

洛里利·范·布伊

如果你不在这里，那你怎可无处不在？

目 录

爱，始于冬季

一

我在暗处等待。

我的大提琴已经摆在台上了。这把琴是一七二三年在西西里的一个半山腰上雕刻的。那片海很宁静。琴弓靠近琴身时，琴弦就会颤抖，似乎预料了情人的到来。

我的名字是布鲁诺·伯奈特。我面前的绒质幕布是梅色的，重重地垂着。我的生活在幕布的另一侧展开。有时我希望这份生活没了我的存在仍能照常进行。

魁北克城的舞台灯光太过明亮。主持人用带有加拿大口音的法语介绍我出场时，我看到幕布卷轴及舞台支柱周围被灯光照耀着的尘埃。这把大提琴属于我的祖父，他在二战中意外身亡。

祖父的厨房座椅同样也在舞台上。我坐在上面的时候，只能将身体的重量压在座椅的三只脚上。座椅中间的那根藤条裂开了。这把椅子总有一天会彻底坏掉。椅子在演出开始的前两天运到音乐厅，那个疯狂的乐队指挥大叫着宣布坏消息："你的座椅在运输过程中被彻底弄坏了。"

掌声响起，我站在了舞台上。

这些人都是谁？

总有一天我将不用乐器演奏。我会直直地坐着，一动不动。我会闭上眼睛，想象着音乐厅外那些房屋里的人们的生活：穿着拖鞋的女人搅拌着食物，锅里冒着热气；青少年在自己的房间里戴着耳机；某户人家的儿子在寻找他的钥匙；一个离了婚的女人在刷牙，她的猫在一边注视着她；一家人在一起看电视——最小的孩子睡着了，他不会记得自己做了什么梦。

我握起琴弓，观众突然安静了。

开始演奏前，我环视了一下观众。

有那么多人，可是没有一个了解我。

如果他们中有一个人能认出我，我就能从生活的枝杈上挣脱开，把时间的痕迹从我的衣服上刷净，开始漫长的越野征途，回到我最初消失的时刻。一个小男孩斜靠在一扇大门上，等待着他最好的朋友起床。安娜的自行车后轮依旧旋转着。

十年的大提琴演奏职业生涯中，我在世界各地的音乐厅里起死回生。每一次我的琴弓触及琴弦，安娜的模样就会浮现。她依旧穿着那天的衣服。我长了二十岁，但她还是个孩子。她是由灯光组成的，因而若隐若现。她站在距离我的大提琴两米开外的地方。她看着我，但她不认识我。

今晚的音乐厅里坐满了人。演奏到最后一个乐章时，我感觉到她在渐渐消失。也许还剩下一只手，一个肩，一缕摇曳的头发。

可她现在正快速地隐去——与这个活生生的世界脱离。

一些乐队演奏家无视舞台上这些飘浮的身影：有的似睡似醒，有的如展开的烟雾般优雅，有的纠缠着愧疚、爱恋、悔恨、侥幸与意外。但有一些演奏家会自始至终注视着这些身影。我听说有的彻底崩溃然后纵身跳下大桥，有的借酒自我麻痹或在深夜站立于冰冷的河水中。

我将音乐视为语言的最高境界。音乐使我们得以用自己的词汇同上帝对话，因为音乐高于生活。

我感受到了终极的瞬间。

我握弓的手臂开始发紧。最后的几个音符是响亮的。我平稳地持弓，它就好像河流中的一支船桨，将我们带到当下的彼岸，然后是明天、后天。即将到来的日子就好像宽阔的田野。

音乐厅外黑夜笼罩。天还下着雨。音乐厅是用玻璃建成的，俯视着一座花园。雨滴敲打着窗户，随着风的呼吸一同颤动。夜空繁星点点，它们坠落下来，淹没了街道、广场。下雨的时候，最不起眼的水潭也映射着宇宙的印像。

演奏结束后，我起身，举弓向观众致意。我能听到东西落在舞台上的声音——鲜花，以及用玻璃胶粘在塑料包装纸上的信件。

掌声如雷。我在口袋里摸索安娜的连指手套。

在灯光的照耀下，我的汗水滴落下来。每一滴汗水都载着为其使劲鼓掌的观众。我一如既往地想要喝杯甜的饮料。我匆忙下台，手里还握着琴弓。来到楼梯边时，我再次寻找安娜的手套，一瞬间，我看到了她的脸庞，如此地清晰可见，叫人害怕。清汤挂面的头发，满脸的雀斑。唯一真实的记忆终于找到了我们——就好像收信人是过去的自己的信件。

我疾步走向化妆室，找到一条毛巾，喝了一瓶橙汁，然后倒在了椅子里。

我静静地坐着，合上眼睛。

又一场音乐会结束了。

我不知道自己还能演奏几场。还有几个安娜。她死的时候十二岁。她的父亲是个面包师——从那时起，他每烘焙十二根长棍面包就在其中一个上面写字母A。他让孩子们在他的店里免费吃蛋糕。他们大叫大嚷，弄得一团乱。

一个工作人员敲了敲门，他走进我的化妆室，他手里拿着一个移动电话，示意叫我接听。他有着女人们所喜欢的结实的肩膀。他的眼睛周围有深刻的线条，但他看起来最多四十岁。我把橙汁给他。他小心地拿着，同自己的身体离开一定的距离。我将手机贴近耳朵。是珊迪。她问演出怎么样。手机有杂音，所以她听不清楚我说的话。她打听到电话号码，可以在后台听到演出的情况。珊迪是我的代理，从爱荷华州来，是个能干的生意人。她了解善于创造的人是如何思考的——换句话说，她严于律人，宽于待己。我告诉她说演出很成功。然后我问能否跟她说件事。

"什么事？"她说。

我很少主动开口。过了三十岁以后，我就觉得向别人倾诉是一件多么没有意义的事。但是在青少年时代，我曾疯狂地爱，整夜地哭（我现在记不得是为了什么）；我跟踪走在回家路上的女人，为她们写奏鸣曲，然后深夜将谱子留在她们的门阶上；我不脱衣服就跳入池塘；我将自己灌得酩酊大醉。对于年轻时的我而言，所有的矛盾都不是问题——无非是一种忙碌状态下的空虚。

珊迪对于我的了解仅限于我是法国人，还有就是我每到一处，都能记得给她的女儿寄明信片。

我把我在飞往魁北克城的飞机上所做的一个梦讲给珊迪听。珊迪认为梦中无非是未解决的矛盾，或者就是理想在梦境中得到实现。她说这是弗洛伊德的理论，然后她便缄口不言。我能听到电话那头有电视机的声音。她说她的女儿得睡觉了。我问她女儿做错了什么。珊迪大笑。她们一边看电影一边织毛线。珊迪是个单身母亲。她找了个仪器，令自己怀了孕。我一直想着如果珊迪死了，我会想要她的女儿来和我一起生活。我可以教她拉大提琴。不过她常常得独自一人待着，因为我会离开。

尽管如此，我还是会满屋子地给她"留言"。我们可以给我公寓墙上的那两幅十八世纪的画像起名字。他们会注视着我们。我们可以互相注视。

我把电话还给那个工作人员，谢过他。他问是不是有好消息。

我要到第二天下午才会飞去纽约，因而有整晚的时间可以四处游荡。我是今天早上才来的魁北克城。那个出租车司机来自波西尼亚。他的帽子是羊毛的，上面有他最喜欢的足球队的标志。

在文化博物馆的演出结束约一个半小时后，人们一对一对地涌进我的化妆室，邀请我去共进晚餐。这些成对的人在各个城市都是一样的。在诺托的古老的西西里镇（我的大提琴就是在那里做的），他们的服饰上会有最精致的花纹。我的脑海中依稀出现一些陌生人的脸庞，一些人坐在院子里：院子有大片的树荫；他们的嘴唇因为刚喝了葡萄酒所以是湿润的；他们光着脚穿着拖鞋，脚上沾着尘土；外面飘来马匹的气味；孩子在屋里跑来跑去，肩上的卷发也跟着蹦上蹦下；笑声变成了哭闹——人类的情绪变化一如既往。

我常常被邀请与他人共进晚餐，或者是和我的理事共度周末——或许你能带上你的大提琴？他们问道。

年轻的时候，我总是羞于拒绝。在过去的几年内，我学会了婉拒。珊迪说我不爱交际出了名。

我一如惯常地找借口说我得休息，说我害了重感冒。我还像真的似的大口呼吸。一个女人笑了起来。她的丈夫搂着她。他打着鲜黄色的领结。他有黑眼圈。

演出开始前我端详着镜中的自己。我考虑是不是该刮胡子了。上周三是我的生日。三十五年的时光就像一组砝码般跟随着我。事实是，光阴流逝，生活沉淀。对某些人而言，我是著名的大提琴演奏家布鲁诺·伯奈特。但对于我自己，我是什么？也许只是一个被大千世界迷惑惊吓的小孩子，或者顶多是个将脸蛋紧紧贴着轿车那蒙着雾气的后车窗不肯离开的家伙。在我的童年时代，我们全家常常开着棕色的雷诺十六长途旅行，有时甚至连夜都不停歇。现在想起来，我父亲当时开车是随心所欲的。母亲则掰开面包，把弟弟和我的手都塞得满满的。面包吃完后，我们也就到了。面包是我童年时期不断进步的推动力。

在我认识的人中，我的父亲属于寥寥无几的几个从不吸烟的人。父亲的父亲死于战场。当巴黎充斥着大呼小叫、颐指气使的纳粹分子的时候，南部的街道则挤满了民众——他们将各自的家当或搬入轿车或装上马车，就连婴儿的手推车里都塞满了收音机、全家福以及餐具一类的东西。希特勒要开始扫荡了。

德国空军的飞行员很容易就从高处给这些街道定了位，因为街道上的人们时刻都在走动。我的祖父当时在耕地，一片炮弹壳飞入了他的脑袋。我的父亲当时十岁。

我十岁的时候，父亲给了我一张祖父的照片。照片中，祖父提着他那把古老的意大利大提琴。父亲叫我把照片收好，他说总有一天，我会珍惜这张照片。我记得自己当时对他说，我现在就很珍惜。然后我不经意地问了一句，我能不能学大提琴。当时，这完全是一句无心之言。

几星期后，圣诞夜到了。圣诞树下，出现了一把大提琴，十八世纪制作，价值连城。这是我祖父的琴，琴盒上刻着他名字的首字母。我的母亲在琴盒上扎了一根丝带。我向这把琴走去时，我的父亲起身离开了房间。

父亲在听我练琴的时候，眼里总是含着泪水。这是我成为大提琴家的秘诀。

聚在化妆室里的人一个个地离开了。最后，那个系着鲜黄色领结的男人问我，他和他的妻子能否开车帮我把大提琴送回去。我住在芳堤娜古堡酒店，他们今晚正好想在酒店的让·素夏餐厅吃饭。他的妻子说他们会万分小心的。我谢过他们，解释说乐队指挥已经安排了博物馆的几位工作人员为我的大提琴保驾护航。这对夫妇露出失望的神色，我送他们上了车。他们看上去好像对我有所期待。

我想对他们说，信任别人要比被别人信任更难。

我非常喜欢散步。尤其是在我两手空空的时候（这个机会很难得）。在我回酒店的路上，天开始下雨了，起先渐渐沥沥，后来愈发密集，冰冷的雨点坠下来。走到芳堤娜古堡酒店所在的那条街道时，我停了下来。路面平坦极了。世界在水面上呈现出来，抽象而美丽。

我以前的地理老师曾对我们说：音乐、绘画、雕塑、书籍，都是一面面的镜子，人们在这些镜子中看到多面的自己。

大雨从山上倾斜下来。我止步不前。周围的人疾步而行，却又不知要赶往何处。车辆缓慢地行驶着，车里的人不明白我在看什么。我只是觉得车辆明晃晃的前灯像奇怪的小动物。

回纽约后，我要开始背诵但丁最著名的作品的开卷语。我觉得应该是这么几句："我走过我们人生的一半旅程，却又步入一片幽暗的森林……"

我想起了霍洛维茨弹奏的《梦幻曲》，他比其他人要多用二十五秒。或许这只是我个人的想象？如果你没有听过这首曲子……

这是一首关于童年的曲子。

我的父母在法国，他们晚上常常穿着我从伦敦给他们寄去的袜子看电视。我爱我的父母，因而也原谅了他们。他们的长椅上方挂着一幅镶了框的美洲狮水墨画。如果这幅画掉下来，他们肯定会被砸死。这幅画是限量的，全世界还有一百九十九幅。

他们作为我的父母只有一次机会。他们也是我在这个浩淼宇宙中唯一的父母。我不知道自己现在站在魁北克城的雨中想念着他们，他们是否会有所感觉——感觉到我像一只小动物那样撒娇般地啮咬着他们。

我继续向山上走去。芳堤娜古堡酒店像一位仁慈的统治者一般屹立在山的高处。站在酒店的十八层上，你可以看到洛朗山脉。蒙特利尔就在西南方五小时车程之外。这座古堡是在美国独立战争结束几十年后，为富裕的坐火车经过的人所建造的。估计对某些生活在魁北克的人来说，这是他们见过的最大的建筑了。情侣们也会到此地来，在黄昏下散步。你可以看到他们走在大街上，共打一把伞，互相紧紧依偎，偶尔停步亲吻，或是凝望漆黑而冰冷的河流，河面上倒映着路灯斑驳的光芒。

我拉琴的时候感觉就像在飞翔，在观众席的上空盘旋。除了自己的体内，我无处不在。如果没有了音乐，我就会像身陷牢笼的囚犯。

拉琴的时候，我会想到自己的父母。我一停下，掌声就会爆发出来。人们迫不及待地鼓掌，因为他们为自己感到高兴；因为他们得到了一个人的认可，这个人很久以前在一间烛光摇曳的房间里过世了。

我想给父亲打电话，可是我的父母现在应该已经睡了。如果我打电话他们会生气——不过到了第二天他们就会变得高兴。父亲认定我是个怪人。他在咖啡馆里告诉他的朋友我有多么的古怪。他就是用这个方式在其他人面前提起我的。

努瓦扬，这个法国的小村庄，我出生的地方，现在肯定整个儿都睡着了，打给谁都为时过晚。我可以感受到市镇的静默。街道上空无一人。我的父母都熟睡着。红色闹钟上的荧光被摆在前面的一只玻璃杯给放大了。玻璃杯内小小的气泡在暗夜中往上蹿。晚上吃剩的饭菜在冰箱里。屋外的轿车上有一层冰凉的水汽——应该是一辆崭新的雷诺，这是我弟弟给他们的圣诞礼物。我记得母亲想要穿着她的睡衣开车兜风，这把我弟弟乐坏了。我的父亲边洗手边透过厨房的玻璃看着这辆车。然后他走到外面，站在车子边上，把手放在车顶。接着他走去房子后头的一片蔬菜地，挖了一些尚留在那里的土豆。母亲把弟弟拉进屋子，向他保证说我们早餐后一定开车出去兜风。我的弟弟一直无法理解父亲。弟弟是个感情直白的人。这一点一直很讨女人们喜欢。我很想念他。我们在一座农舍里长大，这座农舍位于我父亲所掌管的那座不大的小资庄园内。

这座十八世纪的庄园在黑暗中延伸，等候着它偶尔露面的主人。它的主人常年散布在巴黎的各处，就像一座机器上的零部件。这家人很可爱，一个庄重严肃，一个热情主动。房子是白色的，很长，有很多窗户。阁楼里有一套拿破仑一世时期的制服。一间卧室里有三四十本阿加莎·克里斯蒂的平装书。另一间卧室里则有一些小鸟的雕刻作品。

明天我就会回到纽约，我在那里居住了将近十年。周末的时候还有几场演出。一场在"忘忧树"，然后是为中央公园集资的演出，接着去洛杉矶——在好莱坞露天剧场有一场，紧接着是旧金山，还有凤凰城。

我喜欢纽约，但是也怀念欧洲郊野的宁静。美国人能说会道。估计我弟弟在这里不用五分钟就能找到个妻子。

巴赫创作《大提琴无伴奏组曲》时是分段谱写的，目的是为了便于教学。其实这六套组曲之间隐藏着神秘，现在的演奏家将它们逐一弹奏，却不曾领悟它们彼此之间的联系：每一套组曲都是一幅地图，每一幅地图里都藏着另五幅地图的方位。这六套组曲就像我经常演奏的莫扎特和海顿的曲目一样受人喜爱，事实上，它们是我最卖座的曲目。巴赫同我弟弟共同帮助我买下了布鲁克林的那套小公寓。我弟弟购买了几千张我的CD，放在他公司员工的圣诞礼包中。其实这事我知道。他的那些员工对他感激不尽。如果战争爆发，他们立刻会变成他的私人军团。他把公司经营得如此成功，真是让人惊喜。他无往不胜。他的照片刊登在世界各地的商业杂志封面上。他单枪匹马地将雷诺打造成全欧洲最流行的小型车，他做这事的动因只有我和他两人知道。我在纽约也算有一辆雷诺。每个人都想知道这究竟是什么样的车子。他们说这个词时总是发出"T"的音。①我在皇后区认识一个技工，他来自塞内加尔，从小就接触雷诺。事实是，我把我的雷诺车停在他的住处，他开着这辆车接送他的六个孩子。我快有两年没看到这辆车了。我弟弟不知此事，但就算他知道，也肯定不会有异议。我们两个的雷诺车都是十六挡，一九七八年出产的。我们如此怀念童年的原因也许在于我们无法依赖彼此。弟弟的女朋友们看到她们腰缠万贯的男友开着一九七八年出产的十六挡雷诺来接她们都吃惊不小。

在魁北克城的演出结束一小时后，我途经酒店走入迷宫般的老街。如此曼妙的雨点怎能错过。然后我看到了圣爱餐厅。这是一家

---

① 雷诺原文Renault，在法语中最后一个字母t不发音。

小小的法国餐厅，它的口味让我想起了自己的家。我借口酒精过敏而不点酒，但是侍者依旧在我将刀叉伸向肥鹅肝、菲列牛排、松露扁豆的时候为我送来一小杯酒，让我闻得它的醇香。其实我对酒精并不过敏，恰恰相反——我的身体爱极了它。

酒店里到处都是两两成对的人。有一个十来岁的女孩子和她的父亲静静地坐着。也许她在生他的气，或者是对他感到失望。他知道她在想什么，但是假装无动于衷。我觉得那些能够留在父母身边的幸运儿，个个都会对父母感到失望。

我留下一大笔小费。我会永远记得这个侍者的。他始终跟我说意大利语，虽然他明明知道我是法国人。他一直提到自己的女儿。他戴的眼镜显得很老气。他热爱自己的工作。他说每一顿餐都是一段回忆。他说自己是某个美好的事物的一部分，这个美好的事物不由他开始，也不以他结束。我走出餐厅的时候，感到一阵哀伤袭来。我再也不会见到他了。

我走过几家冷淡的商店。所有的店都关门了。橱窗里的木偶凝视着街道，假装没有看见我。我在结了冰的鹅卵石路面上小心地走着。雪仍然在下，不过很小了。建筑物都安静极了，住在里头的人都已进入梦乡。已经过了深夜一点，周围一片沉寂。走过路灯下的时候，我甚至可以听见灯丝发出的嘶嘶的声音。

城市也显得不一样了。我来到凯旋圣母教堂跟前，这是一座灰不溜秋、歪歪斜斜的小教堂。我在它面前的广场中央站着。有一部悲伤的电影就是在这里拍摄的。电影是关于一个小男孩的故事，他的父亲一败涂地。在深夜故地重游就好像人死后又出没人间。

我继续走着，边走边观察每一座雕塑。我就像一个醉鬼那样用自己的情人和朋友的名字给这些雕像起名。

然后，我停止了脚步。我看到有东西在动。我不确定那是什么——似乎是有个人影在漆黑的窗户后一闪而过，就好像鱼儿在水面下若隐若现。

每一个窗户后面都有一根蜡烛。不过那些都不是真的蜡烛，它们只是蜡烛形状的灯。雪花闪耀下的小巷里有一排长长的房子。房子末端的街灯在破旧的小教堂的侧墙上投下一大片阴影。这排房子同我小时候生活过的那座房子很像——那个我的父亲像一个沉默的长子一般用其一生维护的小资庄园——不过前者要小一些。这排房子有些窗户后面没有蜡烛，这些窗户黑得就好像没有玻璃一般。房子有一扇沉重的木门，上面有一排刻字："为吾儿之心"。刻字旁边有一块石质浮雕，上面是一只手，伸向一颗心。木门表面还深深地刻着一个巨大的十字架。底楼有一扇窗户亮着，透过它可以看到房子里整洁的走廊。这使得我猜测也许这是一座修道院。

突然我又一次看到窗户后有人影闪过。她停下不动了。无论那是谁的身影，她一定看到了站在外面冰冷的空气中的我。现在已经过了凌晨三点了。我们是整座城市里唯一的居民，我们的脚印踏在彼此的领土上。

身影迅速地移向了另一扇窗户，这扇窗户有烛光，我看到了她。

我看到了她的轮廓，但是五官看不清楚。她的身段看起来很年轻。她的一只手按着玻璃。然后，在这块蒙着晨雾的玻璃窗上——这片薄雾似乎就是为了下一步发生的事而生成的——这个与我仅一面之缘的女子，这个无法入睡而迷失在凌晨冰冷的走廊上的身影，用她的手指在玻璃上缓缓地写下一个字。然后她将蜡烛举起，放在这个字的后面：

来。

我将手抽出了口袋。开始下雨了，她不见了。我转过身，慢慢地走开。

我继续在城市中踱步，口中将这个字念念不停。这个字瞬间带给我温暖、力量、生机，让我有传递生命的渴望。也许我需要别人来告诉我那些我原本知道的东西。

我的父母现在应该已经醒了。

他们厨房的洗涤槽内肯定满是刚从地里拔出来的新鲜蔬菜。

远在巴黎的弟弟现在应该正靠着玻璃窗看书——他新交的女朋友还在熟睡。

珊迪，我的代理——正和她的女儿互相拥抱着窝在温暖的被褥里。她们的呼吸是柔软而私密的，开启的嘴凑向枕头的侧面。

第二天早餐时间我才回到宾馆。我在冰冷的室外待了整整一个晚上，浑身上下都湿透了。我在电梯里留下了一个小水塘。估计人们会怀疑并且责备在同一楼住着的那对养着小型狮子狗的夫妇。这里的工作人员都很亲切，而芳堤娜古堡酒店本身就好像是出自契诃夫的构想一样。

我现在正泡着热水澡。

我的胸膛从泡沫中挺出，就好像一座小岛一般，而在这小岛之上，某个带有神性的头像正逐渐拥有了生命力。我那天一定在日记中写下了这么一笔：整个清晨我都在城市中观察各种各样的雕塑，然后我回家泡了个热水澡。

我的鞋子也湿透了，走在鹅卵石铺成的路上时，它们不再发出声音。我把它们放在了水槽里。皮鞋现在变得软过了头；我觉得它们不能再穿了。我一直想着那个词。我能感受到她用手指在我的背上写下那几个字母。

来。

回纽约后，我就得开始早起。我会邀请我的弟弟来看我。我们会裹着厚厚的大衣坐在公园里，看着云朵飘过。有时我想象每一朵云都承载着即将发生的一些事。

浴缸里的水渐渐凉了。我可以在里头看到自己。我的视线上升到窗户的高度，然后穿过窗户，我看到了一条河，我的视线顺着河流又延伸开去。魁北克城在莎士比亚同我差不多大的时候被法国人从它的古人那儿夺去。我的房间外头就是圣劳伦斯河。成块的冰顺着水流一同滑下。魁北克的女人们一度将硬玉米棒放在沿河的木板上。当微微发光的鱼儿在木桶中被摆开时，我能看到她们洁白如棉的呼吸与暗淡的牙齿。她们的围裙是湿的。霜冻为肥沃的棕色土地罩上了一层白色。大地坚硬如石。冰冷的空气把她们的手冻裂了。

她们大声地笑，当有孩子坐着小船经过时，她们就冲这些孩子招手。云朵在鱼的眼睛里翻滚。

我喜欢我在这个古堡的房间。从房间的窗户望出去，可以看到部分的河流以及整个公园。公园里的树在冬季变得光秃秃的，在雨中它们显得漆黑一片。我情不自禁地想到十七世纪的那批早期移民，空气中洋溢着湿漉漉的皮革的气味，愚蠢的马儿背道而驰，婴儿大声啼哭，到处都罩着一层冰，严寒刺入肌骨。大地冻得硬邦邦的，连死人都埋葬不了。寸草不生，树林里偶尔点缀着几颗结了冰的草莓，就好像眼睛一般。人们寻找可以吃的东西，却往往因此得病。

我一定是在浴缸里睡着了。当有人轻轻地叩门时，我才醒来。我没有作声，希望这个人会自己走掉。可是叩门声一直继续。也许是他们把我的大提琴从酒店的地下室里拿上来了。我从没去过这个地下室。我找到一条浴巾，然后打开了门。我给了服务员一些小费，谢过了他。他问我要不要吃早餐，说帮我抬乐器是他的荣幸。他是吹着口哨走的。我觉得这里的工作人员都喜欢我。有两个女服务员觉得她们在我昨天那场演出之前听到了我在房内练习，其实那不是我。那是帕勃罗·卡萨尔斯。我在放他的一张旧唱片，是巴赫的《C大调托卡塔》。她们在门口慢慢地踱来踱去。我把音量放大。唱片放完后，她们鼓起了掌。我应该给美国的博士音箱写信，告诉他们这个产品很成功。

很多人从来不曾听过这音乐。音乐帮助我们理解自己从何而来，并且更重要的是，我们自身发生过些什么。巴赫写下这套大提琴组曲，是为了帮助他年轻的妻子学习大提琴。每一个音符的内部都是我们无法用言语表达的爱。这个温和的风琴手视谱曲为他每日必行之事，当我的琴弓雕刻出他的音符时，我能够感受到他的妻子既颓丧又喜悦的心情。巴赫过世时，他的几个孩子把他的琴谱卖给了一个屠夫，他们觉得这些纸应该用来包肉。也许在德国的一个小村庄里，会有一个父亲带着一包碎鹅肉回家，而用来包鹅肉的纸的上头盖满了奇怪却美妙的符号。

我打开大提琴的琴盒，似乎闻到了祖父的味道。我提起琴，手指上下轻抚琴弦。每一个音符都包含着世上的所有悲剧，连同其救赎的每一个时刻。大提琴家帕勃罗·卡萨尔斯了解这点。音乐对那些想要寻求解答的人而言是个谜。音乐和爱是一样的。

我抱着琴凝视着房间里的壁炉。我又想到了父母。我的父亲从不听我灌录的唱片，但是当我在图尔或者索姆尔的时候他有时会来看我的演出。

我的大提琴盒内有一个连指手套，它属于面包师的女儿。我拉琴的时候就把它放在我的口袋里。上学的时候我们是同桌。她的名字叫安娜。她的脸上有雀斑，她用三个手指头再加大拇指握铅笔。

我小时候的村庄在冬季会变得无聊单调，但是一旦春天来了，公园里就会再次挤满学骑自行车的孩子。他们从不听从大人的嘱咐。

同他见面是一个奇迹。他站在喷泉处，微微招手。然后小鸟从树上俯冲下来，落在他的肩上。有的小鸟会盘旋一阵，然后像块柔软的石头一般掉入他的手心。孩子们惊喜地大叫。家长们都想知道他是谁。人们把他叫做贝佛利山庄的养鸟人。他成了人们饭桌上的话题，人们将他的故事口口相传。有的传言说他的妻子和孩子都过世了，有的传言说他参加过战争，许多人则坚信他是一个古怪的亿万富翁。

他穿着一身满是灰尘的晚礼服，他的裤管太短了，人们可以清楚地看到他的白袜子。他的头发很长，夹杂着几根银丝。那双破破烂烂的栗色拖鞋似乎又诉说着另一个故事。

有时这个养鸟人会将一只手抬到他的嘴巴旁，然后对着手心里的一只胖胖的小鸟小声地说些话。不多时，这只小鸟就会飞出去，落在人群里某个人的肩上：一个小男孩的肩上或是一个小女孩的手上。

一个周五的早晨，有三只鸟同时停在了一个老人的膝盖上。他很悲伤，因为那天没有人约他共进午餐，也没有人给他寄信。当那三只小鸟落在他的膝上时，他的嘴巴颤抖着，眼中的乌云散开了。

鸟儿飞走后，他说："多好的生日礼物啊！"养鸟人点了点头。老人立刻回了家，将那段绳子搁在一旁，然后走下楼，邀请他年轻的墨西哥邻居来共进晚餐。他们聊了很多。吃甜点的时候，这个老人允诺教他的邻居认字。他们都喝醉了。每一个主意都显得充满独创性。第二天，这位邻居送给老人一份礼物，又在位于旧宠物医院隔壁的那家东洛杉矶面包店里买了一块西班牙蛋糕。

等到那个墨西哥男孩学会了认字，他们发现两人就如同接连的两片拼图那般契合。他们一起度假。他们为彼此在这个世界上又创造了一片天地，而他们自己就是彼此天空中闪亮的繁星。

希望就是最伟大的礼物。

有一次，一个有着黑色头发的女人和她的孩子一起询问这位养鸟人的姓名。他缓缓地叹了口气。他不喜欢别人问他问题。但是他身边的鸟儿扑打着翅膀。这个疲惫的女人和她年幼的孩子一起紧紧注视着养鸟人。

"求求你，"孩子恳切地说道，"告诉我们你的名字吧？"

女人和孩子手拉着手。午后的阳光将他们的手背照得暖暖的。女人将她的左脚向外侧翻展，就好像在倾倒什么东西似的。

"乔纳森。"养鸟人说，然后转身走开了。

鸟儿们随着乔纳森一起飞走了，就好像有人轻轻牵动绳子将他的小世界拉到了公园的边缘。公园又恢复到了原来的状态。一个无家可归的女人在来来往往的汽车声中睡去。松鼠绕着树墩互相追逐，它们的口中衔着橡树果子。

六个月后，那个黑发的女人在贝佛利山酒店吃午餐的时候向她的姐妹提到了这个养鸟人。

"那个养鸟人最终开口了，他告诉我们他的名字是乔纳森。"她边说边笑。

邻桌一个抿着茶的女人突然松开了拿着茶杯的手。茶杯在碟子上碎成两半。茶水洒在了亚麻台布上。一小群侍者从门后冲出。茶渍是很难清除的。

邻桌的那个女人起身迅速走进了盥洗室。她穿着旧式的带有珠片的裙子和一双森林绿的鞋。她是在威尔士长大的。她的弟弟也叫乔纳森。

快五点了。屋外——笼罩着厚厚的热气——就好像一艘古老的大船，人们从城市的一侧翻向另一侧。

　　贝佛利山酒店相当阔绰。它有很多东西可以引以为豪。酒店里有一个沙龙，还有好些可以吃东西的地方。对于喜欢粉色的人来说，这里就是一个天堂。在盥洗室里，那个摔坏茶杯的女人正坐在马桶上哭泣。她能够想象出侍者打扫的情形。他们马上就会换上崭新的亚麻台布和闪闪发亮的银具。不出几分钟，她情绪失控时留下的痕迹就会无影无踪。

　　这个女人伸手摸到了口袋里的橡树果子。她把每一颗都挤了一下。她的乔纳森收集坚果。他把它们放在卧室里的一些小碗里。他想要用它们来喂鸟。他对鸟儿入了迷。这些鸟也在他卧室外隐蔽的屋檐内侧筑巢。他说，在夜里，他能够看到这些鸟的眼睛紧紧地盯着他的卧室。也许它们从一开始就知道他会发生什么事。那是很久以前的事了，在威尔士，在那个有羊、泥沼、繁星的怪异村庄。

　　当一个国家整日整日地下雨却寸草不生，那么剩下的也只有悲伤了。死去的人在别处生活着——穿着我们记忆中的那件衣服。

　　当小乔纳森裹着白色的襁褓从医院回到家中时，我忍不住一直盯着他看。夜晚的时候我也一直坐在他的身边。他的呼吸多么的急促和微弱。当他的小手臂上有了些许力量，他便冲我——他的姐姐——伸出双手。

　　我们住在一栋农舍里，厨房的火炉里有炙热的木炭在慢慢地燃烧，把房子烤得暖暖的。夏天的时候，房间里的壁炉都是黑黢黢的，里面满是冬天留下的灰烬。我的母亲会用花园里种的生菜做沙拉三明治。乔纳森学会走路后，我就带他到我们农舍后头的田间，找到一片阴凉处，铺一块毯子让他坐在上面。我会用泥土和稻草搭一个小棚，他则用胖乎乎的小手捧起一只棕色的塑料小老鼠，我们俩都知道这只小老鼠是我们的朋友。

星期六的时候我们一起去村里。肉铺外锃亮的钢钩上挂着整只的家禽和牲畜。乔纳森会冲着它们伸出手，但他不知道怎么说。

如果天气很热，我就帮他脱下衣服，然后把他放在床上摇来摇去。我希望这会是他最初的记忆。

在乔纳森两岁以前，我的两个玩具娃娃都保存在一个玩具盒内。乔纳森两岁的时候发现了这个盒子。然后为这两个玩具娃娃穿衣服的伟大时代就开始了。这两个娃娃成了我们的妹妹。有一次我们用锡纸把她们包起来，好像她们是机器人似的。我们不善言辞的父亲无论去哪里出差都会为玩具娃娃寄回明信片。我把明信片读给她们听，乔纳森则会点点头，然后他把娃娃放到床上，对她们说："真开心呀！这些地方你们去不了，可是你们能收到从那里寄来的明信片！"

开始穿内裤后，他就养成了把自己没用的尿布给娃娃穿的习惯。他的内裤很小。我放学回家后，如果看到客厅的地板上有他的内裤，湿的，我就猜到他一定在床上边哭边等我回家。于是我便会脱下自己的内裤，放在水龙头下弄湿，然后给他看。他这时才会停止哭泣。兄弟姐妹之间一定会有父母所不得知的秘密。父母爱孩子，可是孩子之间也需要靠彼此的帮助来弄明白他们所处的这片陌生的森林。

　　没过多久我便被活捉了。我用冷水浸湿我的内裤时，乔纳森一丝不挂地出现在厕所的门边。他走上前来，小小的身体紧紧抱住我的腿。最后的一束日光从厕所的方形小窗透进来，明亮而静止。我们能够听到楼下的电视机放着卡通片。从此以后乔纳森出什么意外都不再哭了。我坚信谎言和欺骗固然会摧毁爱，它们也能构筑和保卫爱。爱对想象的需求超过了经历。

　　没人知道乔纳森是什么时候死的。有一天早晨我透过厕所的窗户看到屋外的雪地上有什么东西。他们没让我出去，所以我就坐在厕所里，狠狠地扯自己的头发。当我的母亲看到我赤裸的大腿上有一缕一缕的头发时，便决定让我看看乔纳森的尸体。我大声尖叫，大声尖叫，一直大声尖叫，直到我遇见一个叫做布鲁诺·伯奈特的男人。

　　第二天，我赶到我的音乐会现场时，天已经黑了。洛杉矶车水马龙，山谷中成对的红灯星星点点，到处可见平顶的房屋和清澈的水池。陈旧的房子有着弧形的边，每回路面震动的时候，房子就向着倒塌的命运前进一步。郊区就好似二十四小时营业的自助洗衣店，空气中充溢着干净衣物的清新的味道。年轻的母亲用塑料花点缀她们的头发。孩子裹着热毛巾瞪着黑色的大眼睛张望。男人们聚在街边的小酒吧里埋头吃墨西哥煎玉米卷。高速公路上尘土飞扬，从这一侧飞向那一侧，然后又飞回这一侧。

　　再向北，靠近好莱坞的地方——热狗摊上有霓虹灯的箭头，还有褪了色的漆；身上带着文身的女人们有着一头乱蓬蓬的黑发，她们在好莱坞日用品商店里购买唇彩；一个流浪汉推着一辆购物车，里头装满了鞋子，而他自己则光着脚。他不停地往后看。他的肚子鼓了出来。二十世纪六十年代的某一天，他被放在了他母亲颤抖的双手上。如果能再来一次就好了。在洛杉矶这个地方，理想永远在实现的边缘保持平衡。这是一个悬崖上的城市，靠着它自身的重力支撑着。

我喜欢在这个地方演出，尤其是在好莱坞露天剧场。在这里，空气的流动也有其奥妙之处。上升的热气流满载着我的音乐，我想象音符们像小鸟一般充盈城市的上空。这里也非常炎热，同两周前的魁北克城形成鲜明的对照。在魁北克，我的双脚在我夜行城市同雕塑交谈后便冻僵了。我的鞋子干了以后变得非常僵硬。我将它们放在一个透明的塑料袋里，然后在袋子上贴上写有"魁北克闲荡者"的标签。我觉得保存具有纪念意义的衣物是很重要的。

我一直想着深夜看到的窗户后面的那个女人。从那天晚上起，我对很多事物的感触都不同了。我对弟弟提起了这件事。他认为我终于康复了。他觉得我一直都很抑郁。其实我只是不怎么说话。孤独和抑郁的关系就好像游泳和溺水。很多年前在学校，我了解到有时花朵会在它们自己的体内开放。

我睡了一大觉，直到第二天午餐时间才起床。我留在贝佛利山酒店吃肉饼。其实那时还没到正午。室外的庭院里有一棵巴西留兰香树，已经死了好几年了。侍者说这棵树已经超过一百岁了——可是对于死去的东西而言，年龄还会增长吗？如果是这样，如果是这样……我止住了自己的思绪。桌上有长棍面包的面包屑。我的脑海中出现了面包师的身影。他正用围裙擦干自己的手。我止住了自己的思绪。

将来的某个时刻，我会再一次沉陷。

将来的某个时刻，我会划着船带着我的琴弓找到安娜漂浮的身体。我能如此清晰地看到她的身体。她十二岁的时候死去了。当时我十三岁。她没有像我一样变老，但有的时候我会想象她现在成了个女人。

"有一个女孩每个星期都来。"侍者回来了，他依旧想着外头的那棵树。"她会在树杈间摆弄一个塑料的蕨类植物的树叶玩。"

我转头看向那些树杈，然后笑了。

"园林设计师看到这棵树都会笑，"他说，"在他们眼中这棵树一定愚蠢极了。"

我喜欢那些侍者——但你得在短时间内赢得他们的喜爱，不然你就会变成他们的又一个客户，又一个二十三号桌。这里的肉饼没什么特别的，不过服务好极了。我很少在家吃饭。我总是在路上。这个酒店就好像一个不会做饭的慈祥的母亲。

这个世界上最好吃的面包产自我的村庄。面包好吃与否同水里的盐分很有关系。我和面包师的女儿两个人常常骑自行车来到镇子的另一头。别忘了诺央是个很小的镇子。我们会把我们的两辆自行车相互倚靠在一起，然后爬过晃动的大门进入农夫利卡的柔软的田地。

农夫利卡个子很高，他的两个眼睛好像下一秒就会掉出眼眶一般。他的嘴唇也很厚，他穿的是绿色的军用毛衣。有一次他背着一只牛犊在及腰的雪地里走了几千米。邻村的兽医边喝甘菊茶边望向窗外。点着煤气灯的牲口棚内一条折了腿的牛已被接骨正在康复中。村子里的每一个人都记得这件事。这头牛避免了夭折的命运，可以自然衰老而死了。

农夫利卡的厨房里有一张他父亲的照片。他有心理治疗阻抗症状，被折磨而死。利卡在田间劳作的时候，利卡太太就会习惯性地对着照片说话。有时她似乎能听到他在牲口棚内敲敲打打的声音。他喜欢用两只手喝咖啡。他们多年没有做爱了，可是他们睡觉的时候握着对方的手。

酒店里的一个钢琴师正弹着《伊帕尼玛的姑娘》。吧台后的灯光把酒照得发亮。我的餐巾边缘印有卵石纹。酒店的标志浅浅地印在中央。餐厅里的人寥寥无几。餐厅被分成了几个区域。从这里数过去第四张桌子上，一个老人正在为他的十来岁的孙女表演魔术。她穿着崭新的晚礼服。她的头发束在脑后，耳环也是新的。每一回餐刀在餐巾里不见了的时候，她都会笑。

在另一张餐桌上，坐着一个墨西哥人和一个满头白发的老人。他们正合读一本书，合吃一碗冰激凌。

这类地方有很多战前留下的照片。这些带有光泽的黑白照片现在被挂在贝佛利山那些充满卫生球气味的卧房的床边。照片里是戴着黑色手套的女人，头发油光可鉴的抽着烟的男人，背景里有棕榈树。酒杯里的杜松子酒都喝完了，只剩下渐渐融化的冰块。

一到农夫利卡的雾气腾腾的田野，我和面包师的女儿就会在口袋里装满石子。如果我们中有一个人带上了一个塑料袋,那就更好了。一旦我们的口袋装满了石子,多到几乎走不了路,我们就会拖着沉重的步子来到田野的另一边,将石子堆在一起。然后我们再兵分两路继续寻找。

我们捡石子,这样可以挽救耕地。

我们每捡十颗石子就可以从利卡先生那里得到一法郎。如果我们能够找到一个我们无法一个人抱起的大石头(这是标准),那么那颗大石头就值一法郎。累的时候,我们就会坐在尘土上,看着飞来飞去的鸟儿。有的时候,田间的野猫会发现我们,然后它的尾巴就会上翘。那只野猫常常会突然转头去看某个根本不存在的东西。在过去的二十二年间,我也总是在做这样的事情。

午餐后,我下楼来到贝佛利山酒店礼品店。它在美发沙龙的对面。那里的女人坐成排,头上都卷着锡纸。她们模仿名人的发型,过不了多久就会有当名人的感觉。

我要在酒店的礼品店里买一个帽盒。

然后我会在盒子里装满石子。

乔纳森过四岁生日时,他收到一本硬皮封面的书《英国鸟类大全》。这是他最喜欢的东西。心情不好的时候,他就会笨拙地描摹书上的鸟,握着彩色铅笔的手攥成了一个拳头。

差不多在那个时候,我们全家度过了几个愉快的假期。

看着我的父亲把大篷车抬起放在轿车的拖车上就好像在看阿特

拉斯神用他的背抬起地球。然后，在高速公路上，我和弟弟嵌在后座里，妈妈会将手伸到后面递给我们一人一个笑盈盈的橙子。父亲则安静地将我们一路开到山腰上的某片田野，远远地离开我们那深不可测的威尔士村庄。

傍晚时分，我的父母、乔纳森，还有我，便会来到威尔士海岸边，我们会坐在大阳伞下的塑料椅上，阳伞上写有沁扎诺酒的字样。四周混杂着父亲喝的冰冻的窖藏啤酒的味道、母亲喝的红酒的味道，还有邻桌的烟味以及镇子上卖的鱼和薯条的味道。耳边飘来的是镇上的汽车声、穿着高跟鞋的女人踩在狭窄的小路上走向小镇夜总会的脚步声。然后我们回到大篷车里，乔纳森和我睡在双层床上。我们轻轻地敲击紧挨着床的薄墙板，以此来互相交流。我们的毯子总是有些霉味，晚餐的气味也总是要到第二天早上才会完全消失。

我长大以后才明白乔纳森的温柔是从哪里学来的。我们的父亲是一个害羞而好心的人——一个来自南威尔士的英俊男人，他强壮到能够用脖子举起大篷车，也会明智地趁着飞蛾撞击闪烁的黑白电视屏幕时用双手将其合在掌中。我记得我们打开大篷车吱呀的门，走入漆黑的田野，就好像大篷车盖着灰的车顶载着他的孩子们童年的梦想。

白天我们就在村里和郊区看看。当时我最喜欢的就是在河边烤香肠。我们在低矮的小树林中徒步走，不见一人。我的母亲从小就容易害怕，这是因为她周围的那些人对她所做过的事。后来她又害怕他们可能会对我们做出些什么。在她家人的眼中，她是一个害羞、慈爱、谨慎、绝对忠诚的人；而对于外界，她的形象是坦然自若、狡猾并充满魅力的。她是一个绝佳的销售员。

有一次我们将大篷车停在森林里一块厚厚的平板上，四周停着好几辆大篷车。然后我们来到一条离海不远的小河，我记得过河的时候我拉住了母亲纤细的手。小乔纳森则握着我的手。他有一只鞋子湿了。他踏错了一步。我们都觉得这是一件好笑的事。

我多么希望我保留了他的鞋子——这是我后悔扔掉的一件东西。我爱那双鞋，我也爱那双袜子。

走在最后的是父亲，他的手里拿着用报纸包着的香肠。我记得当我们趟过这条又冷又急、回旋流转的小河时，我们的脸色都变了。我带着乔纳森，小心翼翼地指给他那些河流中探出头来的石块，就好像这些石头要说些什么似的。

我记得回头看我的父亲，他似乎被自己的喜悦而拖得放慢了脚步，他的喜悦就是他知道我们在前方的某处，而他却看不到我们。我记得当我们最终走上河岸时母亲说话都发颤了，乔纳森笑了，他的笑声就好像一块展开的桌布般盖住了他的恐惧。然后我的父亲斜着身子踩着石头也过了河。我们便在河岸开始烤香肠。

乔纳森是在那年冬天消失的。那是圣诞节的前几天。我记得我问母亲乔纳森在哪里。她说看看床底下有没有。土豆煮好了。厨房里都是蒸汽。我用袖子擦去凝结在窗玻璃上的水汽。

"他不会在外面的，天啊——看看这场雪。"

我永远不会忘记那个时刻。因为他真的在外面。

我的父亲将一把悬梯斜放在一棵针叶树旁，没有拿进来。

下雪前，他正拿着一把电动锯砍树枝。

乔纳森爬上了那把梯子。没有人知道。

上了树后，他继续往前爬。我们不知道为什么。也许他明白自己的生命即将结束，因而想要成为一只小鸟。

我希望他真的成了一只小鸟。

每天早晨我都能听到从我公寓外的树上传来的乔纳森的叫声。

到了傍晚时分我们都开始担心了。母亲给警察局打了电话。父亲把整个村子都搜了一遍。年轻人带着电筒和手杖出现在了我们家的门口。

到了清晨我再也支撑不住就睡着了。我这一生的大部分时间都在为这件事忏悔。也许我不应该睡着，或许这样我就会听到他的叫声。

第二天早上，几辆旧的帆布路虎越野车在我们的屋外停了下来。男人们坐在厨房的桌边喝着浓浓的红茶。鸡蛋在煎锅中发出呼呼声。农夫们上了蜡的夹克衫淌着水，滴在了石头地板上。

他们什么都没找到，但是都冻僵了。

他们的脚边匍着他们的狗。

这些狗没有吃给它们的碎培根肉。男人们说这些狗很难过，因为它们找不到那个孩子。孩子的气味还留在它们的鼻尖。

圣诞节当天，我们就这么坐着，看着礼物。母亲大哭起来，她把她的一只鞋扔出了窗外。我大声地向着天国的方向朗读乔纳森的《英国鸟类大全》，这是我在祈祷。天空中只有几片稀疏的白云，没有任何回答。

两周后，到了一月。一天，父亲在剃须的时候注意到外面的花园里有一个什么东西。

一小束色彩打破了白色独占的世界。

父亲顾不得抹去他下巴上的剃须膏，冲出了屋子进入了积雪中。乔纳森的尸体已经完全僵硬了。他爬上了树后被困在树枝间，那天夜里暴风来袭，树枝折断了。他面朝上躺在雪地里。他的身体变得很硬，他的嘴是张开的。他的一只手里握着三颗结了冻的橡树果子。在他的印象里，圣诞节还没有来到。

没有人能够理解为何他没有喊叫。也许他是害怕受到惩罚。对孩子们而言，令父母失望是他们无以复加的恐惧。

人们把乔纳森的尸体带走后，父亲走进了车棚。他关上门，用斧子把自己的右手砍了下来。

警察来将他带去了医院。

差不多三十年了，我一直在口袋里带着橡树果子。我会时不时地查一查它们是否还在那里。

有的时候我会把它们放在掌中搓来搓去，然后我会听到笑声、树枝折断的声音以及一个柔软的东西从高处落在雪地上的声音。还有鸟叫声。

二

贝佛利山酒店礼品部的售货小姐们好心地帮我将石子用粉红色
的卫生纸包好放在帽盒里。她们问我是不是法国人。她们说不是我
的口音，而是我的衣服让她们觉得我是法国人。她们总是非常兴奋
地想同古怪的东西搭边。

两人中较年轻的那个涂着蓝色的眼影，她问我"Voulerz-vous
coucher avec moi"是什么意思。①那个较年长的女人笑了起来，她
说其实她是想要我来说这句话。那个涂着蓝色眼影的女人抽了一下
她朋友的胳膊。

我又跟她们要了一些卫生纸，年轻的女人问我为何要给这些石
头打包。我告诉她这只是我的习惯。

我站在帽盒的盖子前，她将手伸入了盒内。我拿着盖子等候。

"石子真的很漂亮，不是吗？"她说。她的牙箍在商店的灯光
下发亮。

我经过美发沙龙上了楼梯。当我走过波罗酒廊时，转角处一个
女人径直向我走来。她快速走来的冲击足够将我击倒。帽盒从我手
中掉了下来，里头的石子滚落出来，噼里啪啦。那个女人也捧着在

---

① 这是电影《法国间谍》中的经典台词，意为"你能否和我一起入眠"。

我看来应该是小石块的东西，它们也从她的手中掉落，在光滑的硬质地板上摔碎。

她盯着我看。那一瞬间似乎透过高高的窗户有一束阳光射了进来，在她的脸上散开。我是如此清晰地看到她的双眼，就好像我们两个在一个狭小的空间内被迫脸对着脸。

一个年轻的服务生跑了过来，开始把她掉落在地上的石头捡起来。

"是橡树果子！"他大叫道。

那个女人惊恐地看着他。

"求求你，我自己来。"她说。服务生有些不知所措，他继续捡拾橡树果子，只是多加了些小心。

"别捡，我自己来，求求你。"那个女人再一次说道。服务生愣愣地冲我看了一眼，然后急急地走开了。

不知为什么我并没有立刻起身。相反地，我看着她捡拾橡树果子。她的鞋很漂亮。过了一会儿阳光移开了，我注意到她的眼中有泪水滴落下来。终于，我站了起来，然后挨个捡起我在楼下小心翼翼地同店员打好包放在帽盒里的五颗石子。

"对不起。"那个女人真诚地说道。

我从没听到过她这样的口音。她的头发看上去很柔软，可我一直注视着的是她的鞋子。

我们就这么面对面地杵着站了很久。情形有些尴尬。我们都没有走开的意思。如果有谁看到我们，他们一定觉得我们是在谈话——可是我们什么都没有说。

人生中最有意义的谈话是在寂静中进行的。

"真是对不起。"她又说了一遍。我说我也很抱歉。其实我并没有什么歉意，但是我觉得我应该感到抱歉。

她的脸颊和额头上都有几颗雀斑。她的眼睛是绿色的。

她走开后，我在柜台边的一把长椅上坐了下来，手里抱着我的盒子。我在那里坐了许久，甚至想到也许我应该撇下盒子，追上她，一把拉住她的胳膊，然后强迫她跟我找个地方坐下来。我只是想看她绿色的眼睛，听她轻快的歌声，就好像她的歌词就是我长久以来寻之不得的旋律，就是我从未弹奏出的最关键的音符。

音乐里最关键的音符会等到声音传达耳际然后才揭示出它的真谛。它是声音间的空隙，穿过心田，翻天覆地。

我最终还是回到了我的房间。

后来。我的电话留言在闪烁。是我的代理珊迪发来的短消息，她告诉我旧金山演出的事宜，另外就是乐队指挥坚持认为我祖父的椅子太破旧，不能再坐了。我想给她打电话，把这个女人的事情告诉她，但出于某些原因我觉得这会令她不悦。她女儿的生日马上就要到了。珊迪问我是否愿意给她买一辆自行车。她的女儿想要我送她一辆自行车，并教她骑。我觉得等我老了以后，在她母亲心情不佳的时候，她会来找我诉苦。我认为珊迪总是心情不好。我不止一次地看到她在黑暗中独自坐在桌边。

我记得我的父母送我自行车的情形。二十世纪七十年代的欧洲，物品奇缺，我很多的玩具和衣物都是从别人那儿买来的。在我们村子里，圣诞节前的某个周末，人们会出售他们的自行车。他们把自行车斜靠在教堂外的墙边。每一只手柄上都吊着一个小牌，上面写着这辆车值多少法郎，还有车主的名字。如果孩子个子长高后觉得自行车太矮了就会把它卖掉，在圣诞夜的时候这辆自行车便会开始它的新生。村子里有二十来辆自行车就这么流传着，每过几年就更换一位车主。

有时，情绪失控的旧车主看到新车主骑车经过时就会冲着自行车大叫。

"真是辆好车呀——但是小心前闸！"或者"过路缘的时候要小心——轮子容易卡住！"

童年的许多记忆在一天之中都涌了上来，这真叫人惊喜。那是我收到过的最好的礼物。我记得我看着许多父母边走边看那些成排的自行车，他们掂量着口袋里的钱，孩子们则激动地坐在家里等待——他们的家长不让他们跟去，哪怕保持一定的距离也不行。

我的自行车是金黄色的，还有一盏自行发电的灯——自行车后轮旋转的时候就会带动另外一个小轮子旋转，这个小轮子连着一个小气缸，小气缸利用动能为前灯和后灯发电。

我给珊迪打了电话，跟她说了我的第一辆自行车的故事。

"你一天比一天糟糕，"她说，"但是你依然是我最喜欢的客户。"

我们一同商定了在旧金山的下午场的音乐会。没有椅子就没有音乐会，我如是对她说。然后我给弟弟打电话。他的助理接了电话，告诉我他去打猎了。

"打猎？"我说。

"但是他自己不动手，"助理说，"他只是陪英国人一起待在树林里。"

我大笑。我的弟弟用"英国人"来指代他现在的女朋友的父亲，因为他穿的是灯芯绒的裤子，上面还缝着野雉的图案。

"真是典型的英国人。"我弟弟嘲弄地说。

"你每次来电话他都很高兴。"他的助理说，然后她便挂断了电话，连再见都没有说。

我一直都不知道什么时候该挂电话，所以即使我知道对方已经挂断了，依旧会说再见。

然后我放了一浴缸的水，稍等片刻让蒸汽平稳下来。在我跨入浴缸前，我想到了在楼下冲我走来的那个女人。突然间我似乎对即将发生的事情又充满了希望，这种感觉延续了我在魁北克城时就开始的感受。这种感觉我长大后就没有体会过。从我离开那片田野我就不再感受得到。

这个男人是谁？他像个幻影一般在我的头脑中挥之不去。昨天夜里，我在那狭小潮湿的公寓房里还想到了他。我拿出乔纳森的相片，把它们一一放在厨房的餐桌上。然后我回房间睡觉，想象着酒店里的那个男人正坐在我的床边。我自己则从高处俯视着我们，在床上的不是我的身体，而是一块石头。一块同我身体的形状一样的石头。

今天早上我又想起了他，我想象着他坐在庭院里啜着咖啡，紧挨着庭院的泳池从没有人用过。泳池的底部有几片落叶。这个男人的脸就像一本书的结局，或者是一本书的开始。

如果我料到会在公园遇到这个人，也许我就不会去了。但是我是如此迫不及待地想见到这个养鸟人——另一个乔纳森……也许就是我的乔纳森。没有人知道。

你能理解我想弄清楚的心情吧。悲伤有时是一种沉默但顽固的疯狂。如此的巧合是让人无法置之不顾的。

我来到了公园，当然时间还早。有一些人还缩在他们的购物车旁裹着毯子睡觉。我停下脚步，看着一个无家可归的女人。她的皱纹那么深，脸就好像是一张地图，记录着沧桑岁月。我想触碰这张脸，但是我没有。她睡得很沉，在梦里又游回到那个公园。

寂静的公园总是那么美丽，周围的事物就像一本被遗忘在长椅上的书，风是它的读者。当然被遗忘的不止这些：有人脱下了鞋然后光脚走在草地上，可他们把鞋落在了后头。这双鞋现在被整齐地放在一边，度过了整整一晚。鞋子的中央嵌有几颗宝石。我纳闷为什么没有人把它们拿走。

我找了一条靠近喷泉的长椅坐下。

一个小时后养鸟人来了。他的年龄很大，不可能是我的弟弟。外加他的皮肤是深色的，而且开裂了。他的鼻子很宽，在一张窄窄的脸上不协调地鼓着。他的眼睛很浑浊，但是眼睛的中央是黑色的。他的衣服很漂亮，但是都破了。我因为他不是我的乔纳森而感到失望，这是多么奇怪。这是另一种惩罚自己的方式吧，回头去找那个你以为在那儿的人，可是却看不到。

然后我注意到了公园对面的那个人。一开始我不确定是不是他，可是他也在看我，所以我能肯定是他。他比我印象中的更英俊，而且他的举止非常正规——他的坐姿。一个带有重要使命的人，但全然不记得他将要去向哪里。突然我惊愕地察觉到这正是对我自己的描述。也许一切我对他人的评价都正是对另一个自己的评价。

不知道为什么，看到他我一点也不吃惊。他的双腿利索地交叉着，就好像这是他最舒服的坐姿一般。他看到我，也丝毫没有吃惊的神情。

然后孩子们都来了，他们围站在养鸟人的身旁。他们拖着凉鞋走路。

我撞上他以前他就已经失手掉了盒子。我不理解他是怎么会摔倒的。我不觉得我把他撞得很厉害。也许他一下子失去了平衡。也许他一直期待着有个人能够撞上他，这样他就有理由丢下他牢牢捧着的东西。

一个小时左右，我们彼此都看着养鸟人，并不时地微笑。我注意到他的身旁有一根长棍面包，不知道他是不是想要用它来喂鸟。鸟儿在孩子们的头上飞来飞去，一切似乎尽在养鸟人的掌握之中。它们呈现弧形，就好像有绳子牵着一般。孩子们边笑边跳。他们也互相看着彼此。

我多次向那个男人看去，他也会看我。我们相遇是情理中的事。就像河流一般，为了彼此而沿着一条既定路线前行。

于是，我站起身，向他走去。我的鞋踩在小石子上嘎吱作响。

我数着自己的步数。我的心快要跳了出来。我在他的长椅上坐下，看着他的手。他显得很惊讶，我不知所措。我的手开始发抖，他伸出手来抓住了它。我没有挣脱。他用另一只手从他的口袋里拿出许多橡树果子，然后把它们放在我的手掌上。

我从我的口袋里拿出一块大石头，直接放在了他的手上。如果世上真有婚姻这回事，那它在仪式开始之前就已经发生了：在开车去机场的路上；或者是在一个充满了晨曦的灰色卧房里，他/她注视着自己的爱人；或者是两个陌生人在雨中一起等候不见踪迹的公共汽车，他们的手中都提着沉重的购物包。你当时并不知道。可是事后你明白了——就是那个时刻。

这些时刻总是无言的。

语言就好像是在阅读某处的地图。而爱则在那里居住并生存下来。

两个人是何以在告知对方自己的过去之前就如此熟悉？等你到了一定的年龄，彼此的过去已经不再重要，那些曾经令你无比在乎的东西就好像半途而退的潮汐一般似乎没有了提及的必要。这个世上没有命运这回事，同时也没有意外。

我并不是那时爱上布鲁诺的。我一直都爱他，我们一直都在一起。

爱就像生活，只是开始得更早，结束得更晚——我们在这过程中出现，然后离开。

父亲曾经告诉过我，发生巧合就代表你在按照正确的方向前行。当那个在贝佛利山酒店撞到我的女人向我走来并在我的长椅上坐下时，我不知道下一步会发生什么，我也不在乎下一步会发生什么。我只是有一种长期以来一直想和她在一起的感受。我不想着急告诉她些什么——没有这个必要。她什么都知道，不需要别人告诉她。

当我们肩并肩地坐在公园里时，有两只鸟儿落在了我们的膝上。养鸟人看着我们。孩子们也看着我们。那个女人没有动。她只是盯着鸟儿，可她的鸟儿盯着我。我膝上的那只小鸟似乎什么反应都没有。然后它转过身来看着我。它的喙摩擦着，发出锯子的声音。我猜它想要一颗种子。

一个幼小的孩子突然尖叫了一下，养鸟人吹了记口哨，两只鸟便从我们的膝上飞起，回到养鸟人伸展开的手臂上。

"你知道会发生这样的事吗？"我问。

"这是我为什么来这里的原因。"她说。她的嗓音就好像美酒般被我一饮而尽。

"你是法国人吗？"

"你看到长棍面包了？"

她笑了。

"你要吃一点吗？"我问道。

她摇了摇头，"这面包看起来太珍贵了。"

我把面包尖掰了下来，她接受了。她把它一分为二，给了我一些。零零散散的鸽子突然一拥而下。

"你是从哪里来的？"

"北威尔士的山区。"她咬着嘴唇。"你听说过威尔士吗?"

"Oui。"(法语:是的。)

"好,"她说,"如果你有厚衣服,又喜欢吃香肠的话,我可以带你去。"

我们就这么坐着看过往的人,有一个小时之久。

然后她又说:

"我们做什么好呢?"

我很高兴她这么问。因为这表示我们对彼此的感受是相同的。我的手里还拿着她给我的石头。她把我给她的橡树果子放到一个口袋里去了。

"我明天晚上在旧金山演出——你想来吗?"

"你是谁?"她说,"至少告诉我你的名字吧——我不习惯跟着陌生人走。"

我们两个都看着养鸟人。

"真的?"我说。

她笑的时候眼睛微微眯了起来。

"布鲁诺,"我说,"是我的名字,我只是一个从法国某个村庄来的会拉大提琴的男孩。"

她似乎对这个回答挺满意,可突然急急地说:

"也许是你被大提琴弹奏。"

然后她又补充道:

"我猜你一定是个非常出色的大提琴家——很有天赋。"

"为什么?"我问。

"因为你像一个可以打开人们心扉的音符。"

"我不信。"

"不仅仅是人。"她补充说。

她突然显得有些困惑，女人们担心自己是否说了太多话的时候，就会是这样。

"你叫什么？"我问。

她笑了，"你可以每天都问我这个问题，而每一次你都会得到不同的答案。"

她咬着指甲向别处看去。

"这可不是一个好的回答，不是吗？"

"这是一个完美的回答。"我说，我真是这么想的。

"好吧，我叫汉娜。"

当下在过往的边界间展开。

我问她周末有什么打算。我不敢相信自己竟然邀请她同去旧金山——我竟然会让某个人介入我的生活，让那个人翻越大门，跨过农田，来到我的小农舍。而我已经独自在那里生活了几十年，陪伴我的只有音乐、石子、长棍面包以及一副手套。

我想起魁北克城那个站在蒙着雪的窗后的女人，那个在窗玻璃上写字的修女。

容颜易逝。我在别处读到过这句话。

每一个时刻都是已然和未然的矛盾体。

如果我在法国的弟弟能够目睹我在公园与汉娜的这一幕，他一定会喜极而泣。他常常哭泣，女人们非常喜欢他这一点，可有时他又有些顽固，充满男子气概，这一点那些女人也喜欢。我能想象跟他提汉娜的情形。他一定会想要飞过来看她。他会想要给她寄鲜花、巧克力、奶酪——送给她最新的雷诺敞篷车。我能想象到他们一同手挽着手在诺央的田野里散步，他时不时地捡起树枝然后抛向空中。

"来旧金山，"我说，"坐飞机来听我下午的音乐会，然后我们租辆车一起开回洛杉矶——你住在那儿吧？"

"对，"她说，"我在希尔弗莱克有一个小店，我卖版画、海报，还有油画。"

"画的是鸟吗？"

"如果画的都是鸟就好了——但不是每个人都像我这样。"

"我觉得我喜欢你的状态。"

"嗯……这不是我想要的。"她说。

我感到有些蒙羞——就好像我是她所不想要的事物中的一部分。

然后我说：

"有时我觉得冥冥之中自有天意——我们以为命运的舵盘掌握在自己手里，其实我们只是分工精细的生命之师中的一艘小船。"

"那为什么生命转瞬即逝？"她说。

我不明白她什么意思，但我还是冒险给出了个答案。

"生命转瞬即逝，所以我们才要珍惜它。"我说。

她转过身，正面朝着我。

"不是的，布鲁诺，我们因此而珍惜它——可为什么它会那样？生命说没有就没有了，可我们这些被遗忘在后面的人还有千言万语没有说。我们要说的有那么多，沉默就好像满嘴塞满棉花那样叫我们无法开口——可等到能够开口的时候，我们所能做的又只有保持沉默。有如此多的未尽之事。那些原本能做的事后来怎么样了？"

这些我都考虑过。

"我对很多事情都已经无所谓了。"我说。

她合上了嘴。我看得出她想要得到所有答案。

我们继续谈着话。在这些阴雨绵绵的日子里我对汉娜说的很多话都是我不假思索说出的。这些话就如同云朵一般安静而持续不断地变成雨点向她落下。我们谈话的时候我才发现对于有些我以为自己并不了解的东西，其实我是明白的。

她同意来旧金山。然后我们会沿着悬崖开回洛杉矶——在这个国家的边缘，我们自始至终生活的地方。

我送她去停车场的时候，汉娜说她带来了一些东西想给养鸟人。

我们向他走去，孩子们给我们让出了路。汉娜从她的口袋里拿出一本破破的册子。是一本书。她把书递给养鸟人。

是《英国鸟类大全》。

"打开看看。"汉娜对他说。

他照做了。

书里写道：

给我们最亲爱的孩子，乔纳森，
祝愿你爱的鸟儿也永远爱你

"看——这是你的书。"汉娜甜甜地说道。

"不是的，年轻的女士，"养鸟人说，"这是你的书——但是你不属于它。"

他探向前靠近她。

"你属于你自已。"他说。

我们两人坐在车中互不言语。我记得一个法国作家说过，从两个人独处的时候感受到的困窘可以察觉出他们之间是否产生了摩擦或者感情是否已淡。

汉娜搭飞机来到旧金山听我的音乐会。音乐会的时间是在下午。观众席中也因此比往常有了更多的孩子。我每拉出一个音符，都能感受到她的存在，知道她在观察我，聆听我——在咬着她的嘴唇。

安娜的身影也一如既往地出现，不过这次似乎非常遥远。我转身向她望去时，只能看到她身体的大致轮廓。她要将我丢下，对这一点我并不吃惊。我只是在想她会到哪里去。我会用一种新的方式来想念她。

那天下午我们驱车离开了旧金山，我们笔直地在山峦上行驶。

水面上波光粼粼，周围有很多红色的房子，房子的一角还搭有一座小塔。人们坐在公园里喝着塑料瓶装水。一个穿着黑色 T 恤的男人一边遛狗一边打电话聊天。一个骑自行车的女孩迅速经过，她的车篮里装满了柠檬，她有一头卷发。人行道边上的咖啡吧挤满了人，有人坐在里边埋头看报，也有成堆的人在等候空桌。

我们的车缓慢前行——要出旧金山得花好几个小时的时间，但是我们在一起，我们一同成为这段旅途上唯一的乘客，而终点在哪里并不重要。汉娜提到了我的音乐会。她说她是唯一一个最终没有鼓掌的听众。她说对她而言，音乐会是永远不会结束的。

当我们向正南方向转去，开上太平洋海岸高速公路时，汉娜许久没有说话。我猜测她是在欣赏风景。一辆摩托车在我们身边经过。过了一会儿我们跟上了一辆休闲娱乐车，然后在它后头慢吞吞地开了几公里。

我开始向汉娜提问，可她的回答都只有一两个字。我跟她说到纽约的城市艺术博物馆——那个满是硬币的长条形喷水池。

"我不知道这些愿望有多少已经实现了。"她说。

更久的沉默。

"你听到了吗？"我问。

"什么？"她说，"我什么都听不到。"

"是我的钥匙，"我说，"迟早，我会找到适合你的那把钥匙。"

她什么都没有说，但是她把手放在了我的手上。

我来了几个急转弯，然后道路又笔直向前延伸了。

我望向大海。我想象海底鱼儿翻腾的样子。漂浮的海草。

然后汉娜说:"我想跟你说说乔纳森的事。"

然后,一点一点地,他的生命就在我的面前展开,就好像一幅地图,而在地图的中央是一个美丽的小国。

我能看到他带着书在花园中画素描。

他的手中握着橡树果子。

车棚中她父亲被砍断的手。

无言的悬梯。

几年后:

她母亲无数次面对着饭菜却无法下咽。

她父亲被电视节目逗乐却突然又收起笑容走出房间。

一天夜里,汉娜说,他没穿鞋就走了出去,从车棚里拿出链锯,然后把树锯倒了。她的母亲觉得不可思议,可是他终究靠他的左手和残缺的右手臂做到了。他花了六个小时。树倒下的时候,砸在了邻居的暖棚上。那天下午,他们在信箱里看到一张纸条。是邻居写的。上面说道:

我一直都不喜欢那个暖棚,

本来打算这个星期把它拆掉的。

我真为你难过。

比尔

然后我看到了安娜。

下雨天。

车祸。

急行的车。

她自行车的后车轮还在旋转。

我停下车，我们坐在一个野餐桌边，手拉着手。两个小时后，一个留着灰色长发的公园工作人员走过来说我们得付五美金，所以我们就离开了。不是钱的问题，而是氛围改变了。我启动了车。

我们开上公路时，汉娜说她饿了。

天暗了。

浓浓的雾气给山崖披上了一件厚厚的外套。

然后天开始下雨了。

雨刷上喷出的液体证实了的确是在下雨。

我们在第一个路口转弯开向了内陆。

雾越来越厚了。

有些鸟儿在朝相反的方向飞——离开内陆。我不知道它们要去哪里。也许飞向海上的一块潮湿的大石头。

我们在卡梅尔的一家超市停下来买吃的。玻璃门在我们面前打开时，我们手拉着手。我拿了面包（儿时的主食）。汉娜在另一处举起了一只苹果。我点了点头。那时我下定决心永远不和她提安娜的事。

食品柜台后的那个人想要我们尝试一下他前面那些闪亮的小碗中的新产品。他用牙签递给我们一小块奶酪和一点肉。他问我们在一起多久了。

“从一开始就在一起。”汉娜说。

在结账处，汉娜看到一盒风筝。在打折。她买了两个。

收银员仔细地在风筝上寻找条形码。

“你也应该买一个。”汉娜对她说。

“我不喜欢风筝。”收银员回答。

“那你喜欢什么？”汉娜问。

收银员抬起了头。“音乐。”她说。

我和汉娜在圣克鲁兹一座山上的禅修中心过了一晚。这个地方我听我的代理珊迪提过。她觉得这个地方很适合我。这里很安静，还有涂着彩色油漆的祈祷轮。我在圣克鲁兹停下车加油。加油站对面有个人正冲着过往的车辆一边大叫一边扔瓶子。我心想但愿他不要过来。我离开加油站的时候还想着这个。汉娜问我怎么了。

“我没事。”我说。

我们的房间已经准备好了。我们到的时候还不算太晚，但是周围的树林给所有的楼房都罩上了一层暗纱。

汉娜洗澡洗了很久。淋水的声音就好像在下着大雨，我听着这个声音睡着了。

我醒来时，汉娜正坐在床边用毛巾擦着头发。房间很热，因为开着窗的关系。我坐起身，用被单裹住了她。她向我转过身，于是我亲吻了她的肩膀，然后是她的脖子，再然后是她的脸颊，最后我亲吻了她的嘴唇。

我的嘴在她的嘴上来回游弋。我品尝着她的味道。我用舌头搜寻她的舌头。我感到自己的体内血液奔涌。我们紧紧地贴在彼此的身体上。

无限靠近。

她紧抓我的手臂。她的指甲掐入了我的身体。很快我们两个都似燃烧一般。我就像一股勇往直前决意冲破古老岩石的海浪那样移动着我的身体，汗水在我的背上不停地流下。

然后——就在前一刻——我保持不动，在里面。我们的身体有了它们自己的节奏。汉娜的身体吞食、消化着我所给的一切。在这最后的时刻，我们亲密无间——所有的记忆都被某种欲望否定，这种欲望既属于我们又控制着我们。

然后，我们一动也不动，就好像树林里唯一的两个树根。

我们身上的汗水干了。

我们睁着眼睛躺在那里。我想看看她那时的双眼是什么样的。我的眼睛无比清澈。

终于她极温柔地向我转过身来。她问我饿不饿。我说我很饿，于是我们在黑暗中穿好衣服来到车上。

我们找到的第一家餐馆几乎没什么人，但是餐馆老板娘说马上就会有一大群人来这里开派对。她建议我们换一家。所以我们把车留在了那里然后开始走路。

人行道很窄，树木占了很多地方。周围漆黑一片，没有路灯。汉娜牵着我的手带着我向前走。我们走过十几栋二十世纪三十年代留下的"工匠房"。里面有人。我们可以看到他们。有一对夫妻各自坐在扶手椅上一起看电视。他们在同一时刻大笑，但是并没有看彼此。在另一栋房子里，一个小男孩正坐在厨房饭桌边。他在剥橙子。另一栋房子，一个女人脱下衣服然后关上了灯。我想象着爱德华·霍普戴着软呢帽在街对面的阴影处向这边凝视。

我们走到下一家饭馆时，看到里头吧台处正在举行一场婚宴派对。一个乐队正在演奏耳熟能详的旋律，他们的水平一般，但是嘉宾们一起唱着合唱的部分。新郎被他的朋友们包围着。他们都解开了领结。每一杯饮料里头都有一把小伞。

汉娜点了一杯冰冻白酒。接待我们的服务员还是个高中生。她化了妆。她的围裙上插了好几支笔，牛仔裤的裤管也卷了起来。

我们吃了同样的沙拉，但是是在不同的盘子上。我们分享了主食意大利面。然后我们就坐在那里，我们的手在桌子下面互相紧握。

"你相信有来生吗？"我在支票上签字的时候汉娜问我。

"我相信我们有。"我说。然后我们离开了，没有任何人留意到我们。

我们在漆黑的郊外走回车里。那时大部分的街灯都灭了。我留意找那个小男孩，但他一定已经上床睡觉了。

第二天我们继续向南行驶。我们用纸巾包了一些食物带在身边做早餐。租来的车闻起来就好像酒店一样。我们穿着和昨天一样的衣服，但是我们的头发都有了汉娜的洗发水的味道。汉娜说她穿着很长一段时间都不喜欢的那双鞋。那双鞋有栗色和米黄色的鞋跟。我告诉她我喜欢这双鞋。我还告诉她我们第一次撞上彼此后几秒钟内我便注意到了她的鞋。她低头看了看她的脚，然后把它们转动了几下。

汉娜心情好多了。她没再提起乔纳森，但是每一次她想到他的时候，我都能察觉到——她会变得很安静，一动不动，就像一尊雕塑。在古希腊的戏剧中，每一个悲剧英雄的最后一口呼吸都会将身体变成大理石。

她跟我说她在洛杉矶的生活，然后想了解纽约是什么样的。她对中央公园尤其感兴趣。她听说那里有鹦鹉。我告诉她在布鲁克林就有鹦鹉。

我跟她提了我最近的那一场音乐会。中央公园的管理委员会把公园的"钥匙"给了我。拥有这把钥匙的好处之一便是能免费坐一回四轮马车。我回忆起我站在一个男人和他孩子身后的情形。那个小女孩大约三岁大。她的头发上有灰姑娘的发卡。她因为马上就能和她的父亲一起坐马车而非常兴奋。她的父亲俯下身，平视着和她说话。他对她轻轻地说了些什么，然后她便将双手放在他的脸颊上。然后我听到那个女孩对她的父亲说她穿着内裤——她不再是个小孩子了。

马车夫正看着一个小屏幕，他挂断了手提电话，然后从椅子上站起，通知大家说马儿已经非常累了，它得很快休息一下——所以只能再走三圈。那对父女当时排在队伍的第四位。小女孩拉了拉父亲的衣角，问那个人说了什么。父亲将手放在小女孩的头上，什么都没有说。他环顾了一下四周，然后叹了口气。他的女儿要他再说说马儿的故事。

"灰姑娘骑过马吗？或者她只是坐过马车？"

那时，排在队伍第三位的两个穿着运动衫裤的女人突然离开了。那个父亲握着女儿的手往前进了一位。小女孩问那匹马是否结婚了，还有它是否喜欢吃苹果。

那两个女人中的一个对她的朋友说她很累，想要回酒店。她的朋友笑了，然后她们两个挽着手走开了。

汉娜觉得这是一个好故事。那时，我好像看到了几头海狮。其实那些是海象。汉娜叫我停车，她要拍照。

每过六十公里我们就会停一下，下车走走或者抽抽烟。有几次我们甚至还接了吻。

两天后我在凤凰城有一场演出。我不知道这个城市的名字是否就是那个浴火重生的神鸟。汉娜说肯定就是这样的。

天暗了下来，我想到我们可以将后备箱里的毯子拿出来，然后在海滩上生一个篝火。我把车停在一个便利店的停车场，提议说我们走到海滩上去，这样就不会有人知道我们在那里。汉娜赞赏这是一个聪明的主意，于是我进店里给了收银员二十美金。显然他对这一交易非常满意。

海滩比我们想象的要凉爽得多，但这是好事，因为我们停好车后，在没有空调的车厢里亲吻了二十分钟。我吻至汉娜脖子的时候她会转动脖子的方向，这样我的嘴就能触碰到任何她想要我达到的地方。

我没能生起篝火，因为空气太潮湿了。同时也有些冷。所以我们只是盖着毯子，互相拥抱。我能感受到我的脖子上她的头发的重量。我们两人的身体完美地互相契合。她交叉着双腿。我们静静地躺着，在沙滩上留下我们的轮廓。从不远处传来的是海浪拍打岩石的声音。

我在清晨醒来。感觉依然有些冷，但是鼻翼间的空气变得柔和温暖得多。汉娜不见了。我坐起身四下张望。海滩空无一人。我猜想她也许回车上取暖去了。我决定去找她，然后发现她正站立在几百米外的断崖边。她在放风筝。

我走到她身边时，发现她的头发在大风中飘散，她的双眼也因此变得湿润润的。

我原本只打算坐在她的身边看着她放风筝。

可是她的脚边还有一只风筝，已经都装配好了。

"这是给你的，伯奈特先生。"她没有看我。

我迅速把线展开，汉娜告诉我先去海滩，然后跑上悬崖，这样就能将风筝带到天上。我便跌跌撞撞地跑下了悬崖。

我展开风筝，跑向悬崖。我的风筝轻而易举地飞了起来。

真是令人振奋。三十年来我从没放过风筝。风筝线上的张力比我所能想象的更大。可我是那个握着线的人。我不是被俘者，我是俘获者。

我们整整一个早上都在放风筝，偶然我们会看彼此一眼。

然后汉娜松开了她手中的线。

风筝快速地上升，在逐渐亮起的晨曦中盘旋闪亮。

来，我心想。

然后我的手指也松开了我的风筝。

我们用自己的身体把持的力量瞬间消失。

风筝划开天际，不一会儿便成了两个彩点。又过了一会儿它们便从我们的视线中消失了。即便我们知道它们就在那里，可是已经没有办法再将它们找回。

六个月后，我在巴黎演奏了唯一的一场音乐会。我没有在酒店过夜，我租了辆车，开回了诺央。我是早晨六点左右到家的。鸟儿四处飞翔，街道空空如也。我和面包师一同坐在他的小咖啡店内。我将我在加利福尼亚的一个酒店撞上汉娜的故事完完整整地告诉了他。我想解释为什么我几个月来失去了联系，以及为何幸福依旧感觉是那么遥远——就好像我亲眼看着这些事发生在另一个人的身上。那是一个凉爽的早晨。天空被擦成了灰色。云朵快速游移。天空马上就会充满雨滴。面包师坐在我的身边，用围裙擦干他的双手。他的妻子从他的身后走来。我能闻到新鲜蘑菇的味道。录音机开着。

面包师将我的双手握在他的手里，告诉我他对于我失去联系的事是多么的高兴——还有我必须承诺就此打住不再寄石头。我突然觉得自己既自私又自负。我退缩了一下，将自己的手从他的手中抽出。

可是他说："布鲁诺，我们失去了一个女儿，我们不想再失去一个儿子。"

"你在我们的心中，就像儿子一样。"他的妻子说。

"你在我们的心中，已经成了我们的儿子。"面包师边说边握住他妻子的手。

"从现在起，寄明信片，"他说，"别再寄石头了，明白了吗？"

在我去见我的父母之前，面包师的妻子提议说下次汉娜来法国的时候，不妨把她介绍给他们认识。也许他们可以为她烤一只蛋糕，她来店里的时候可以让她品尝，另外还会有一杯热气腾腾的咖啡——也许我们四个人可以坐卜来一起吃一顿晚餐。

我遇见汉娜差不多一年以后，养鸟人死了。他的讣闻几乎是《洛杉矶时报》有史以来最长的。他的一生同传闻中所说的毫不相关。公园里，人们点了蜡烛为其守夜。成千上万的人都来了。除此之外的不是鸟，而是直升机。

可我正在遥远的法国中部，在诺央的一个小店里同一位老人还有他的妻子一起吃着蛋糕。孩子们透过雾蒙蒙的窗户窥看我们。他们用手套擦去玻璃上的水汽，大声说话。他们非常兴奋，因为从今天下午开始，自行车将会被放在教堂的围墙边开始出售。

雪下得很大。面包师胖鼓鼓的，他的围裙紧紧地扎在他的腰部。他走进厨房，不一会儿便端出一盘碎蛋糕块。孩子们看到他出来便都站在门边。然后只见小胳膊们都冲着托盘伸了出来，然后一致地说："谢谢你，先生。"他回来的时候，肩膀上有一些雪花。

"他们都习以为常了。"他耸了耸肩。"他们还跟长棍面包差不多大小的时候我就开始喂他们了。"

面包师的妻子笑了。

"他们叫他孩子们的面包师。"她说。

面包师走到柜台后，给自己倒了一小杯白兰地。

他盯着汉娜看了很久。

然后他走过来，亲吻了她的额头。

面包师的妻子注视着窗外——看着窗外的世界以及这个世界之上的那个神奇的地方。

天开始暗下来，汉娜和我离开了小店。自行车转动着车轮被骑回家。老妇人们在彼此的家门口放了几块蛋糕。卖肉的人穿成了圣诞老人的模样。

孩子们在楼上的窗户内向外张望。我和汉娜在雪地里行走，路过古旧的大门以及被砍倒的大树，我们边笑边叫，直到我们在雪地里消失。

身影犹在。

堕落天使赠予的礼物，并非减损我们的幸福，而是引导它，令其变得深刻，同时让我们充满激情，这样在未来的日子里我们的爱便能地久天长。

善意的提醒，我们已经失去了自己所拥有的事物。

虎，虎

第一次见到詹妮弗的时候，我以为她死了。她脸朝下躺在长椅上。窗帘没有拉。她赤裸的身体收集了一夜的月光，她的背部发亮。

詹妮弗是布莱恩的母亲。当他发疯似的将她的身体转过来时，她呻吟了一下。然后她的胳膊恶狠狠地甩了过来，不过没有打中什么。布莱恩叫我拨911，但是詹妮弗大喊制止了他。布莱恩打开一盏灯。他向后退了一步，说："妈，妈。"他问爸爸在哪里。她又呻吟了一下。我们两个都无所适从。

布莱恩拿来一条浴巾罩在她的肩上。她坐起身来，力不从心地将浴巾拉好。浴巾太大了，好多处都破了。她的一个乳房露了出来，就像是一只灰白色的鸟。我知道布莱恩看到了。我自说自话地泡了咖啡。冰箱里有蛋糕，盒子上写着"塔特面包房"。我割断绳子，又用同一把刀将蛋糕分成三等块。我们吃了蛋糕，喝了咖啡，谁都没有说话。詹妮弗用叉子将蛋糕安静地送入嘴中。我的瑜伽教练会把她的状态称为"正念"。她左右摇晃着脑袋。然后我和布莱恩看到詹妮弗将脸埋入她的双手，就好像她的手掌中正在播放有关她的人生的幻灯片。

詹妮弗的衣服被扔在地毯上，衣服的另一边则是几本关于最新款轿车的手册。还有一只结婚戒指，以及一杯被打翻的酒。酒水已经渗入地毯，看起来就好像是意大利地图。

我们静静地坐着，有一种被强加的亲密，就好像大雨滂沱的时候三个陌生人躲在同一个门廊避雨。

我记得小时候做过这样一个梦：第二天有什么令人兴奋的事即将发生，好像是度假或者生日派对之类的，前一天的晚上我梦见自己睡过了头而错过了一切。在我的梦中我相信自己什么都错过了——那个活动也结束了，没有我的参加但是依然照常进行。

我和布莱恩在一起有十八个月了，他的父母决定要见我。我对此觉得无所谓。我三十四岁，长期以来一直同另外几个医生一起经营着一个诊所。我不在乎自己是否会达到他们的期望。自从我考入医科大学，笨手笨脚地开始解剖尸体时，我对这种事就不再有兴趣。我每天都直面生与死，并非是那些患有心脏病和骨质退化，整天在痛苦中与疾病抗争的垂老之人，而是那些天真无瑕的孩子。我从一开始就想当一个小儿科医生。

我的办公室门外有过不计其数的孩子在等待，还有我的秘书，劳伦，她有着红色的头发和光洁的皮肤。我向家长解释病因，治疗程序，以及所有的风险——按照这个顺序一一道来。父母单独在场的时候，他们从不落泪，但是如果父母双方都在，他们便会哭，即便所预测的病情是良性的也不例外。在他们互相安慰的时候，我会想象等候室里的那颗小脑袋正转来转去，一会儿看看关于小船的书，一会儿看看盆栽，或者盯着劳伦，浑然不知宇宙间某种力量已为他们安排了一条险峻的征途。

让孩子看到他们的父母难受是无济于事的，所以我有时会让孩子带劳伦出去吃冰激凌。

几年前，布莱恩的父母在汉普顿海湾买了一座夏屋。我本人并不喜欢长岛那个地方。那里人口太多，并且人们靠过度消费来获得心灵上的满足。生活的目标似乎围绕着财产以及奢华——就像四百年前的英国那样。那里有我父母在二十世纪六十年代所反对的一切。如果美国在过去的十年没有发生彻底的变化，那就一定是过多的教育让我变得愤世嫉俗。如此多的人痴迷悍马，以及其他光彩夺目的农场设备，却毕生对自己的身体器官如何运作一无所知。我们祈求上帝让我们远离疾病，却自始至终地给我们的身体注入毒素。

　　我也不太喜欢汉普顿海湾。我生活在这里的几年间，这个地方已经逐渐变成了一个警察的世界——他们收入丰厚，所做的事情却不过是看守几个土生土长的贵族的房产。

　　也许你会觉得我的想法极端，但如果我告诉你我的父母来自俄勒冈，你就不会再这么想了。我从小徜徉在田间，为牛群写生。我的母亲亲手织补衣物，我的父亲则在他的工作室里为我做了我这一生唯一的一个玩具屋。我们所在的这个小镇坚定不移地支持民主党派，并且众所周知地成为女同性恋的庇护港——想象一下咖啡店和家具店的老板是身上带有文身的女人们，她们会互相为对方烘焙反转蛋糕。

　　他们两个都来看过我一次。我的母亲觉得我——她唯一的孩子——把她给丢弃了。可她也一直都是个奇怪的人——在重要的时刻总是超然在外。我读高中的时候把这个归咎于更年期症状，但现在想来，我觉得自从我童年时候起，母亲就是这样的了。我的父亲从来不会批评她什么——他只会摸摸自己的下巴或者抚摸她的手。

我的父亲一辈子都在抚摸什么东西，就像阿拉丁那样。

我的父母是在我遇到布莱恩的前一年的那个夏天来汉普顿海湾的，当然，那时他们并不了解这个地方。尤其是我的父亲，我们在海滩检查站被拦下，他们告知我说我们得付费才能在海边停车，我的父亲当时显得茫然，不知所措。他对那个十七八岁的工作人员说南汉普顿镇就跟黑社会差不多。可是那时排在我们后头的人在开始按汽车喇叭了。我们在距离停靠渔船的地方很近的一个龙虾棚吃晚餐，我的父亲说如果这个地方让英国佬来统治，我们会富裕很多。我的母亲则说如果英国人继续在这里殖民统治，唯一的区别也只能是每个人都有一口坏牙。服务员听到他们说的话笑了。她给了我的父亲一杯自酿啤酒，让他想开一点。

回城的路上我的父亲显得异常悲伤。我觉得他是在想一些痛苦的事，并且这些事他无法对我母亲直说。我希望当时我问了他他在想什么。因为去年他就过世了。

那阵子以后，我对纽约上层中产阶级生活的新鲜感逐渐淡去，我开始喜欢上这个城市内部的那种无拘无束的律动，似乎有无限的可能性会将自己打造成另一个模样。

布莱恩的父母名叫艾伦和詹妮弗，他们说我是他们儿子第一个带去他们在汉普顿海湾的夏屋的女朋友，他们真客气。但很快他们就来了个大转弯，他们说他们只想见他认真对待的女朋友——就好像不那么认真对待的女朋友就毫无意义。艾伦和詹妮弗给布莱恩电话留言的时候总是时不时地提及他们的夏屋，这让我猜测也许他们家境不佳。可实际并非如此。詹妮弗是花园城一对经营房地产的夫妇的女儿。艾伦是一个来自纽约下东部的犹太裁缝师的儿子，他的父亲懂得如何省钱，也知道如何在量内接缝的时候打探秘密。布莱恩说他的爷爷非常了解顾客的私人生活，以至于他得以把艾伦送进一所很少收犹太人的学校。艾伦的父亲过世的时候，他在派克大街上尚存的为数不多的几位顾客长长地松了一口气。

布莱恩有一个妹妹叫玛莎。我在埃尔文广场的音乐会上见到过她一次。也许她长相一般，所以她决定要自嘲地把自己的身体当作帆布一般刻上一系列的文身，其中有一个是菊芋的图案。

布莱恩的母亲，詹妮弗，曾有过动人的容貌。在他们位于汉普顿海湾的夏屋里，她的照片点缀着起居室，她看起来永远是那么的喜出望外——她殷红的嘴唇微张，就像一朵花瓣微启的玫瑰。

我和布莱恩到达汉普顿海湾的那晚，在走入屋子以前，我们先在汽车里接吻。我们常常如此。我们一直在接吻。可当布莱恩突然注意到屋子没有开灯时，他骤然停了下来。

"有点奇怪，"布莱恩说，"没有开灯。"我感到有什么事情极不对劲。

詹妮弗的双眼肿得很厉害，看着她令我有些无措。我悄悄地问布莱恩想不想要我来查一查。可他说每回她心情不好的时候她的眼睛都会肿，可从来没肿成这样。

艾伦，詹妮弗的丈夫，那天下午外出了。他打完网球比赛回来后就开始收拾东西。一个开着折篷汽车的女人来接他。她将引擎熄火后等在车道的尽头。他说他不会再回来了。他说他们那个名叫肯恩的律师会做好安排。詹妮弗跟在车子后面追，把鞋冲着车扔了出去。然后她走回了家。他们结婚三十四年了。他们结婚跟我出生是在同一年。

布莱恩的父亲离开詹妮弗的时候是五十七岁。艾伦的父亲，那个犹太裁缝师，在五十七岁的时候死于冠状动脉血栓症。我没有对布莱恩多说什么，这是人们常常做的事情——即便是聪明人在事关自己父母的问题上也会变傻。

我又问了布莱恩一次，想不想我帮他的母亲做个检查，他说不用——他说他们有一个老朋友叫菲力克逊，是个医生，他的母亲很信任他，他去过那个在南汉普顿的夏屋。我掩饰不住自己的失望之情。"今晚就这么过吧，"他说，"你也应该见见这个人——他在七十年代写过一本关于小儿科还是别的什么的书。"

"真的？"我说。

我在外头黑暗处等待医生的时候，布莱恩拿了一本菲力克逊医生的书走了出来，《童年后的寂静》。真是个奇怪的书名。我说我会看看。然后布莱恩说他知道他父亲的外遇。显然，艾伦在几个月前吃晚餐的时候坦白交代了一切。那时詹妮弗去佛罗里达州看她的家人了。布莱恩觉得如果他不告诉我的话，我就会生他的气。可其实我不会。

"有哪个男人会放弃人生第二春的机会？"布莱恩说他的父亲请求得到他的同意。他把他儿子的沉默当作勉强的应允，而事实上，布莱恩觉得无比失望。他终于不得不看清他父亲的懦弱。他同他母亲的婚姻从未是和和美美的，但他过去坚守住了。布莱恩说如果他的父亲不是如此懦弱，他三十年前就会伤害到詹妮弗了，而不是像现在这样，在浪费了三十年的岁月后，伤害她，并且侮辱她。

"可如果是这样，玛莎就不会出生了。"我说。布莱恩沉默了一会儿。我以为我把他惹火了，可是他又说，无论有没有这个妹妹，他的父亲都偷走了他母亲的生活。

"但是詹妮弗是心甘情愿让他偷的。"我补充道。

布莱恩点了点头。我想他明白我只是心直口快，可我毕竟不该这么说。

医生开着一辆旧式的货车到了。车顶上扎着一艘皮船。他走下车冲着我们挥挥手。然后他打开行李盖去拿他的包。

他又高又瘦，看起来就像是十九世纪中西部的农民。他乱蓬蓬的白发以及奇怪的蛇行步态让他看上去就像喝醉了一样。他是在斯德哥尔摩出生长大的，二十世纪七十年代搬来纽约，至今未婚。

"布莱恩，我的孩子，发生这种事我真抱歉，但是我们会一起来解决的。"菲力克逊医生小声地说。他向我走来，把手放在我的肩上。然后他说："是什么样的疯狂想法使得你找到你现在手里拿的这本书的？"

他进屋前，又转过身来说："布莱恩告诉我你们两个都去过斯德哥尔摩，是吗？"

"是的，"我说，"很漂亮，可是没有下雪。"

"时代在变，我估计。"他说。

一天晚上，可能是我们第三次见面。我和布莱恩躺在床上。几缕月光透入房间。屋外的街道已经沉睡。外头在下雪，可是我们毫无察觉。

布莱恩说他和他的妹妹在父母吵架的时候都会吓得发抖。"他们会发出像鸟叫一样尖锐的声音。"他说。

布莱恩说他永远不会结婚。我犹豫了一下。我青少年时期多年寄住别家，这使得我的脑海中已经有了一个对于那个完美之日的深刻烙印。事实上，若干年来，我都没有考虑过婚姻。

布莱恩感到了我的恐惧。他在毯子下寻找我的手。我把手伸了过去。他不是懦夫——也许这个要比一千个完美的婚礼来得更重要。

布莱恩相信婚姻往往会使一方得以肆无忌惮，并且不必承担被抛弃的风险，因为一纸婚书使得两人不得分离。他说在他认识的许多夫妻中，两人中必有一人在结婚后才露出狐狸尾巴。他坚信婚姻是一个过时的概念，就如同包皮环切术那样。

"可是对犹太人来说并非如此？"我说。

"没那么简单。"他说，但他的语气温和，就好像在说我也有点道理一样。

第二天我们去麦克凯伦公园堆了个雪人。一个西班牙男孩帮我们添加了最后的几笔。他拉着我的手，过了一会儿说我和布莱恩应该结婚。布莱恩看着我笑了，然后问小男孩想不想去格林坡咖啡馆喝一杯热巧克力。男孩说好。我想同布莱恩独处，可是我喜欢他如此友善的性格。我建议男孩说应该给他妈妈打个电话，告诉她他在哪里。我把我的手机借给了他。那天晚上，我注意到我的手机上没有新号码的记录。那个男孩只是把手机放在了耳边假装说了几句话。

那是我同别人在一起时所度过的最美好的几天之一。后来我们去了一家干酪餐馆，那天晚上我们彻夜听盖茨和吉尔伯托的音乐。我记得我还跳了舞。布莱恩看着我跳舞。

一星期后雪融化了，我们决定去瑞典待上一周。我们的花费超过了预期，因为你总是忘了搭车去机场之类的开销，还有就是在免税商店里你乐呵呵地花出的钱。我们都还在读研究生，所以我们花了一年的时间才把钱还清。我记得坐飞机的时候我们手拉着手。对于这些爱的固定程序，你无法对其定价，因为你不知道下一步会发生什么。我猜恐惧是兴奋的一部分，我们无法只求其一。

菲力克逊医生单独给詹妮弗做了检查。我们听到她在哭，然后是菲力克逊医生的声音。听上去好像他在给布莱恩的父亲打电话。临走时，他说我们有什么问题都可以给他打电话，以及，如果幸运的话，我们会渡过这个难关。我太累了，所以就没去车上拿我的名片，我对他说我会给他写邮件。当然，我没这么做。

菲力克逊医生离开屋子不久，他打的镇定剂就把詹妮弗带入了睡眠，就好像拖船安静地拉着船只驶入大海。她咕哝着说如果艾伦出现，或者打电话过来，就对他说她死了。我点了点头。

然后她在长椅上躺下了，镇定剂的效果快速而强烈，她合上眼后不多久就打起了呼噜。

我知道詹妮弗为什么没法走到卧室去躺下，对于我能明白这一点，我自己也很吃惊。我又给她盖了一层毯子。夜晚的时候体温会下降。

布莱恩走过来抱住了我。他关了灯然后吻我。突然间，我感觉有些不自在。

我推开了他。

他在那里坐了一会儿。

然后他吻了一下我的额头便走了出去。我听到他开车离开的声音。他没有生气，因为我们彼此了解——就好像一本书中相接的两张地图。

也许是房间里昏暗的光线，或者是夏末的空气压在窗户上的气味——抑或是我光着的腿触碰到了长椅布套，反正在那一刻，这些东西都好像成了道具，刹那间把我拉回到那个逝去已久的时刻。

我恍惚感到自己又回到了两岁大的时候。我一动不动。就好像原始人类意外地获得了火种，然后不顾一切地希冀火苗能够多燃烧一些时间。

也许那个两岁大的自己一直都在我的体内，就好像一组俄罗斯套娃中第二小的那个。现在它上升到我意识的表层，我能真切地感受到那时的自己，就好像处在二十世纪七十年代中的某一天那样。

那天是我的生日，我的父母带我去家对面的那个公园。那里有个派对，其他的孩子都来了。那些孩子并不是我的朋友，他们只是其他的孩子。我的父母是我最好的朋友，这也是为什么他们责备我时，我会那么的伤心。

我的双脚突然离开了地面，被向上拉入了我不断缩小的身体。我感觉膝盖上的疮疤就好像小岛一般。我伸出舌头，没有牙齿。干干的生日蛋糕。里头有碎屑的果汁。轻微的头晕。我脑海中的蜡烛比我亲眼见过的任何蜡烛都要清晰。这一切就好似我身处那时那地，却看不见摸不着。我在高高的杂草中奔跑。它们划过我的双腿，就好像又长又细的胳膊。我听到其他孩子的尖叫声。我接过陌生的大手递来的生日礼物。

派对结束了。我不想回家。看到大家要解散了，我感到很沮丧。我希望那个日子能够一次一次地重复下去。然后我记得我开始追逐一个小男孩。我的父母在叫我。他的父母则看着我们，一边笑，一边鼓励。他摔倒了，然后躺在地上大笑。我也大笑。我走到他的身边。我举起他的胳膊然后咬了下去。血不知从什么地方流了出来，然后在他的皮肤上溢开。他看了看自己的胳膊，然后大叫。他的父母急急地跑来。他像只小虫子一样被抱了起来。我想说我是只老虎，老虎都会咬人。我想提醒他们我会变成老虎。当他被抱在母亲的怀中时他的脸红了。我感到他哭声中的惊吓变成了别的什么东西。他举起了手臂。他的母亲吻了他的手臂。她摇了摇他。他的父亲笔直地站着，保护他们，四下张望，无助，可怜。

我吓得站在原地无法动弹。突然我的尿布给扯了一下。我挣扎不得，因为我母亲的手握住了我的屁股。我的皮肤能感觉到她手上的纹路。她每打一记，我幼小的身体就向前冲一下。我满脸的不快，我噘起的嘴唇就好像闪亮的深红色海浪。

我的眼睛张开着，可是我差不多因为震惊和耻辱而失去了意识。

我光着的屁股能够感受到风吹。我的母亲走开了。我的情绪如此强烈，我的身体几乎装载不住。我在大庭广众下被脱下了裤子。

草地上有血滴。人们聚集在我的周围，难受地向下看着我。

我听到一个女人在问我是个男孩还是个女孩。

我吓得不敢把尿布拉上。

我的母亲已经走掉了。

我的父亲将我背了起来，向家的方向走去。他把我的尿布拉起，我就在上边尿了出来。他摸了摸我的头。我的母亲还在公园，她交叉着双臂。她把她那双美丽的鞋子给脱了下来。

我的父亲说："你不能咬人——咬人是不对的。"可是他的语气中波澜不惊。然后我们便回家了。

他把我放在他们的卧室里。他拉起百叶窗，但是阳光依旧透了进来，落在地上，我感觉自己就好像身处某个神灵的腹中。我的父亲脱下了我的外套。我的尿布上都是排泄物。我吓得不敢哭。我在想我是否会在不知道死是何物的时候就被杀掉。椅套上的织物刺进了我肉鼓鼓的小腿里。那天是我的生日。我两岁大。我身上的汗水都已经干了，像一层纱。

后来，有一块生日蛋糕被放在了我的门口。

"如果她在睡觉怎么办？"我的父亲小声说。"不会的。"我的母亲愤恨地说。

我不想吃蛋糕。我要我的母亲忘记她自己而想起我。终于他们把蛋糕拿入了房间。我吃掉了蛋糕，然后坐在他们中间，一边哭，一边机械地重复说咬人是不对的。但是内心深处我还是爱着那个男孩，还是会咬他，一次又一次，永远咬他。他知道我爱他。这份爱是纯洁而自然的。

所以我成了一名小儿科医师。我想成为那双手，伸向黑暗中在峭壁边悬荡着的灵魂。

我和布莱恩在汉普顿海湾发现躺在长椅上的詹妮弗的这件事发生两年后，我读完了菲力克逊医生的《童年后的寂静》。我是一口气把它读完的。那时是星期一早晨三点。我拿起电话给布莱恩打了过去。

"我刚读了菲力克逊医生的书。"

那头沉默了一会儿，然后布莱恩说：

"明白我跟你说的话了吧？"

"你想过来吗？"我说。

"你过几个小时不需要上班吗？"

"天哪，布莱恩。"

"好吧，好吧——我会把明天穿的衣服也带来。"

我在发抖。菲力克逊医生的洞见在我的体内引发了小小的地震。它们就像温暖而柔软的手在我的回忆中张开，急切地挖掘出埋藏着的东西。

布莱恩来了以后，我让他坐下，然后吻他。我谢谢他过来，并递给了他一杯威士忌。我把书随意翻到一页，开始读。

"听听这段。"我说。

对孩子来说，父母可能就如同树干一般——或者最好的情况是，他们就是一些每时每刻都有可能不再爱他们的可怜的生物。后来，等孩子们长大成人，他们会发现他们的父母被神经衰弱困扰着，他们将之视为生活中的大问题，而忽略了一个更令人痛苦的事实……

我合上书，又随意翻到另一页。布莱恩向前探着身。

没有回到童年一说，除非你同它借由某种方式联系在一起，你能够感受到它压在你身上的重量，就好像有一个风筝从一个看不见的世界拉拽着你；这样的话你便能够通过感受来理解一切，世界会再次变得既温柔又残暴，但你无法预知。你会深深地爱每一个人，但你明白谁都无法信任……

"哇哦，"布莱恩说，"这是菲力克逊医生写的？"
"我以为你读过这本书？"
他抬起头。"这本书在我们家里放了很久。我一直想读。"他说。
我翻过几页，然后将视线停留在了一段话上：

童年是可怕的，因为成年人总让孩子觉得他们自己是不完整的，觉得他们自己一无所知，而一个孩子的直觉告诉她她什么都知道。所以也许在一个社会中，大多数的人都犯了这个最具杀伤力的罪行，日复一日，无人察觉……

詹妮弗现在住在佛罗里达州。她在写她的回忆录。她有了新的爱人。他是意大利人，她说，他似乎同托尼·班奈特有亲缘关系，他有着他们家族的嗓音。艾伦终年住在汉普顿海湾。他离开詹妮弗几个月后，他的那一段新的恋情又告终了。他告诉布莱恩说他正"脚踏两条船"。他又开始喷古龙香水了。我常常在想詹妮弗和艾伦的关系是否就如同布莱恩和我的关系一般。

布莱恩猜想我是否会认为他有可能会用同样的方式离开我，这一点我知道。但是布莱恩和他的父亲不一样。布莱恩是个漂亮的孩子，但他没有孩子气。孩子是我们周围最具有智慧的人，当那最后的一点神秘感从他们身上消失时，他们便成了大人。我认为这在我们每个人的身上都静静地发生过——就像在沉睡中经过一条州界线。

也许有一天布莱恩和我会分开，但那不是真正的分开——已经做过的事无法收回。最糟糕的情形也不会太坏——只是未来未知。不过我的脑海中会一直有他的身影。但是未来不都是尚未谱写的吗？命运这一说法现在也只是成了遗传学的一个研究课题。有意思的是，我杂乱无章的生活中何以出现了那么多的有趣事件。自由是生活中最令人激动的恐惧：

我一时兴起想去书店。我在那里见到了布莱恩。

我在想如果我从未遇见布莱恩，那么在我想他的这些时间里，我会想着什么。我的头脑会不会空空如也？会不会就如同睡眠一样？或者会有其他的思维？那么这些思维现在在哪里，它们又是关于什么的？

从我开始编辑菲力克逊医生尚未出版的著作起，我就有这些想法了。看完《童年后的寂静》几天后，我试着给他打电话。一个租他诊所的女人接了电话，她说他死了。

我有着四十多页的问题。

布莱恩不知道，其实詹妮弗拥有着菲力克逊医生所写的几本日记。我打电话去佛罗里达州找她的时候了解到这事。我想了解他的生活。电话的那头有人在唱歌。詹妮弗咯咯地笑，她问我有没有听到。我向她解释了菲力克逊医生的书给我带来了多大的影响力。她问布莱恩在不在我身边。他在。她要同他说话。然后她告诉她的儿子，在艾伦离开她的几年前，她同那个医生有过一段短暂的恋情。从此以后她的婚姻便发生了变化。布莱恩惊愕地挂了电话。但是詹妮弗立刻打了回来，她说她本可以向他隐瞒这些，可是她想解释为什么她会有几本菲力克逊医生的日记。这是因为在他的遗嘱中，菲力克逊医生将他们在一起的那段时间里他所写的日记留给了她。

出于善意和鼓励，詹妮弗通过联邦快递把它们从佛罗里达州寄给了我。她说有关她的那些部分，远不及那些有关他的病人的部分，以及他每日的所思所想。

"他描写日常生活，就好像在描绘天空中的云朵。"她说。

她固执地坚持这些日记应该由一位医生来看。我感到无比荣幸。

当它们寄到时，我给詹妮弗写了回信，问她是否真的爱菲力克逊医生，以及为什么那段恋情只持续了几个星期。她很快给了我答复。她说布里克斯·菲力克逊是她遇见过的唯一一个不在乎是否被爱并且能无条件地付出爱的人。她说这让人轻松无虑，因为他永远不会对任何事物感到失望。

或者他会对一切事物感到失望。但我没有这么说。我吸取了教训。

一九七七年十二月二十三日

对婴儿来说，任何程度的不适都应得到来自父母或者看护人的身体及情感上的接触。那么，当我们错误地认为童年已经结束，当我们充满困惑却保持沉默时，我们所感到的不适是否会激发一种想要寻求同样性质的慰藉的本能？一种通过与他人的拥抱而获得的情感上的安慰？如果是这样，那么在成年时期，我们是否用了生命中大部分的时间来向陌生人寻求安慰？

成年人的畏惧被理想化地放大，以至于这些畏惧无法容身于它们产生初期所存在的那个空间。

人们赋予成双配对的期望太高，我们以为它们是解决人类永恒恐惧的终极答案(一种情感上的特效药)，因此失望、孤独，时常还有伤痛，就会不可避免地随之产生。很多人在长期独身后会感到情感空虚，在他们眼中，婚姻就好似经济困顿的人看待买彩票中头奖一般。

所有的战争都是我们内部斗争的外部表现。人类必须学习不要指责彼此恐惧、失望以及苦恼的情绪。我们也许不应当将那些可以与之产生特殊感应的人视为自己的救主，他们是我们的伙伴，一起回到童年时期的伙伴。但是查无可循。因此我们必须做的也只能做的是重新看待。并且，与此同时——降低我们对彼此的期待(以及对我们自己的期待！），从而我们得以"爱"得更深，"爱"得更切实可行。

天几乎黑了。我能听到窗户上的雨声，但我看不清楚。有辆车开过。我不知道里面坐着的是谁。

我在想如果我现在结婚了，我的生活会是什么样的。也许屋子里会充满烘焙蛋糕的味道。我想着我的母亲和父亲。我回忆起我在斯堪森公园的山上放飞第一只模型飞机的情形。我在明亮的午间阳光里去父亲在斯德哥尔摩的办公室。我回忆起我的父亲的脸。我的母亲的脸。如果我现在能同他们说话该有多好。这样一切都会不同。我会原谅他们。

菲力克逊医生去世的时候身边没有一人，他的尸体过了几天才被发现。《南汉普顿新闻》报道说，一位涉及众多学科的知名医生在其位于辛尼科克山的家中过世，原因不明，此事是被一群景观工作人员发现的，他们透过窗户注意到有位老人躺在地上，明显失去了知觉，于是给当地的警察局打了电话。

一九七七年七月七日

我们所接触的人影响到我们自身，这是真的。但我们没有接触过的人也会影响我们，有时影响更大，因为我们那么生动地想象过他们。

他们是我们强烈渴望却未得一见的人。每一个成年人都渴望得到某一位陌生人，但我们其实是在怀念自己的童年。我们渴望那个塑造了我们，却被长大后的我们偷走的童年时光。

布莱恩是宇宙中的某个物质，我也是宇宙中的某个物质，我们真实的姓名不是声音，也不是某页纸上的记号，而是我们的身体。我们相遇，然后我们退却。

我们永远不可能汇成一片海洋，即便我们都是水的形态。

一九七八年六月二十一日

我们变得几乎一无所有，除却渴求、遗忘以及对某种原始得我们自己都无法描述的事物的期盼。我们也将世界想象成这样，因此我们身处其中而感到心神不安。我们将这个世界理解为一个只有开始与结束的地方，我们忘记了过程，甚至忘记了如何安身。因此在成年时期，我们坐下，思考着我们为何会如此失落。

那个星期日的下午，我和布莱恩开车去汉普顿海湾看艾伦。我们在一起快四年了。我一直在编辑菲力克逊医生的日记。它们后年会被出版，对出版人我相信菲力克逊医生也会敬仰。我现在有了自己的诊所，但我最终想要教书。我写的一篇关于菲力克逊医生针对儿科心理学研究方法的文章已发表在了《新英格兰医学杂志》上。柏林有一位出版商明年也会将菲力克逊医生的第一本书《童年后的寂静》重新出版。我的文章发表后，我已经收到三十四封来自世界各地的医生的信件。

布莱恩有时会告诉我他小时候菲力克逊医生给他检查身体的事

情。我非常喜欢这些故事，也会把它们给写下来。

布莱恩和我也决定搬到一起住，但我们永远不会结婚。

一九八〇年十一月十七日

今天，我在超市挑选草莓的时候，一个女人碰了碰我的衣袖。她问我是不是来自德国的那个孩子们的医生。我更正了她，并解释说瑞典在有些方面要冷得多，可另一些方面并非如此。她问我有没有几分钟时间，我说当然，尽管我想，这是个有趣的问题，因为一个人的生命无非就是一连串的几分钟时间的组合。每一个生命都如同一串珍珠。

这个女人有一个四岁的儿子，她不明白，为什么她去学校接他的时候，他会把他画的一幅通心粉送给另一个小男孩的妈妈，而不给她。她说在回家的路上她都没跟她的儿子说一句话，她甚至还哭了。然后她说他也哭了，并且把自己锁在房间里。她担心她的儿子不爱她——否则为什么他会把自己画的画送给别的孩子的母亲？

我笑了一会儿，吃了一颗捧在手中的草莓。没了？我说。她点了点头。好吧，我解释道，你担心错了。我说她的儿子把自己画的画给了另一位母亲，正是因为他爱她——他自己的母亲，他毫无条件并前所未有地用自己的全部来爱她，所以自然地他对这个世界上的其他任何一个女人都感到抱歉，因为他无法如此热烈地爱她们。

在那一刻，这个女人哭了。她又一次碰了碰我的衣袖说，谢谢你，医生。她说她会给他买一个礼物作为补偿——但是我对她说，这位太太，也许您不需要买什么礼物，您只需要回到家，找到您的儿子，跟他重温这件事，然后告诉他您也同样用自己的全部爱着他，并且告诉他您不会再质疑他选择用何种方式来向他的母亲表达爱意。

在回家的路上我又想到了这件事，我开始感到沮丧。所以我到家后，穿上长袍，把草莓喂给了小鸟。我心想，这个女人有一个多么美丽的孩子。这个小男孩如此聪颖，可在他面前的又是一条何等艰难的路，因为在这个世界中，美丽被分门别类，自然之爱又为阿谀谄媚所否定……

我们开车经过里弗黑德的时候，布莱恩叫我把我们在绿点咖啡馆为我们的旅途打包的一个三明治拿出来。他看着我打开包装然后便伸手要取半个三明治。我打了一下他的手。

"别动，"我说，"我想要我们一起吃这半个。"

小秘密和无言的约定是我们前进的动力。

我们经过库归东部地区。道路变成了一条狭窄的灰色路径，滑入森林之中。在我眼中，森林就是我的童年。

布莱恩触碰了一下我的脖颈。我的注意力就像撞上海岸的浪花一般瓦解。

"还记得香槟酒杯吗？"他说。

我回忆起几周前我们留在阿迪朗代克山脉的两个精美的笛形香槟酒杯。我和布莱恩在那儿徒步旅行。那里的森林如此浓密，似乎黑夜永恒——或者是潜意识，布莱恩评述道。空气稀薄而干冷。夜里，我们的头发在我们熟睡时散发出木头的烟味。

徒步大约走了十公里后，我们看到一大片皑皑白雪。我们什么都看不见，只感受到彼此的掌心。布莱恩听到河流的声音。我们朝着声源走去，然后发现了河流中央的一块石头。石头又大又平，我们可以舒舒服服地坐在上面。刚下了一场雨，但是太阳用惊人的速度吸干了刚被洗刷过的大地。

我和布莱恩平躺在大石头上。我合上了双眼。水流的声音震耳欲聋。布莱恩拿出了一瓶香槟，以及两个用好几件 T 恤衫包着的酒杯。我很吃惊他竟然把这样的东西也带来了森林。然后他做了解释。这是我们第一次约会的纪念日。我说不是，但是我愿意帮他喝掉一点东西，以便减轻他的行装。

我们面朝上躺着。太阳时不时地从云层后探出。天空安静得令人害怕。景致引发人的思考。

然后布莱恩笑了，他说我是对的，今天不是我们的纪念日。我突然感到他似乎有些失望，于是说和他在一起的每一刻都是一个小的纪念日。我不知道我这话的意思。它自己就从我的口中蹦了出来。

我们接吻，然后便开始做爱。这是甜蜜而缓慢的。我的脚伸入水中，就像方向舵。

过后，布莱恩从他的背包中抽出一条毯子，放在我们的头下。

我醒来的时候，布莱恩正注视着石块外侧下方的一片深潭。他裸露的后背是一片古铜色肌体的田野。我几乎忘了他是多么的强壮有力。那是傍晚时分。阳光变成了紫色，就好像天空中有了瘀青。突然刮来一阵风，树木都抖动了一下。风是最奇怪的东西。这个词就代表了一种现象。

我向布莱恩伸出手去。我把手掌按在他的背上。他指向石头下方的那片水潭。松木的气味无处不在。

我睡着的时候，香槟酒杯从包上滚下，跌入了石头下方的水潭。它们奇迹般地立住了。河流进向石块，然后冲入水潭，每一个立着的香槟酒杯都受到整条河流的冲击，却浑然不知这股力量从何而来，如何而去。

突然，当我们把车开到距离汉普顿海湾艾伦的家仅几公里的地方时，我伸出手抓住了布莱恩的手臂。我俯下头咬了下去。我能感觉到我的牙齿掐了进去，他的手臂暖暖的。他大叫了一声，发现我不松口后便开始尖叫。车偏离了道路驶入了树林。布莱恩在下面重击，然后抽出了手臂，他依然在尖叫。汽车的前轮卡在了落叶和树枝间，终于停了下来。我感到口中布莱恩的血有点咸味。

布莱恩看着我，然后难以置信地又看了看他的手臂。手臂上有着一个完整的口形刻痕，印迹已被溢血模糊。

布莱恩的眼睛睁得大大的，不停地转来转去。

我们大口呼着气，就好像要把彼此吸入。天开始下雨了。周围除了雨滴，什么声音都听不见。过往车辆的后车灯透过来来回回的雨刷照亮了这朵血红的花。

我的双眼就像树叶，长长的，湿湿的。

布莱恩烤了宽面条。他把椅子放得很近，这样，当最终光线暗淡、窗帘合上时，我们不会看不清彼此的眼睛，哪怕这之间的一切都已经在一个多云的午后被过往车辆的声音所淹没。

失踪的雕像

在罗马，一个明媚的周三早晨，一个年轻的美国外交官跌坐在圣彼得广场一角的长椅上。

他在那儿哭了起来。

他的心里有一间旧室给打开了，因为他见到了一些事。

没过多久，他便开始大声哭泣。一位波兰神父正在一边停他的黄蜂牌小型摩托车，他觉得他得做些什么。神父也轻轻地在长椅上坐了下来。

一条有着灰色胡须的小狗从他们的身边跳过，然后在阴凉处斜躺了下来。打扫公园的人三三两两地撑着扫帚在聊天。神父用他的手臂搂住了年轻人的肩，然后轻轻地用了用力。年轻的外交官向神父转过身来，把脸埋入神父的肩膀，泪水弄湿了神父的衣裳。他的衣裳有一股淡淡的熏木味。一个穿着黑色衣服的老妇人经过，她一边拨弄念珠一边低语。

马克斯终于止住哭泣的时候，神父已经猜想到了他现在应该在的地方。他想象到了桌边的那把空着的椅子。没有喝的那杯水。厚重的窗帘垂下来，房间里有一股优雅的气味。会议在如期地进行着。他想他总能如期出现，即便在并非如此的时候。

"你现在好点了吗？"神父问道。他的英语发音里夹杂着波兰口音，就如同一把小心翼翼的剪刀。

"我感到羞愧极了。"马克斯说。

然后马克斯指向了圣彼得广场一角的一排雕像。

神父抬起了头。

"嗯，它们很漂亮——哦，可是你看，有一尊雕像不见了，"神父叫出声来，"这真是奇怪。"

神父转头看着马克斯。

"为什么一尊失踪的雕像会让你如此难过，这位美国先生——你没有偷吧？"

马克斯摇了摇头。"因为我童年的一些事。"

"我一直相信同未来相连的钥匙能够打开我们对过往事件的真实感受。"神父说。

"所有的一切都源于童年，不是吗？"神父继续说，"一幅从未挂在墙上的涂鸦，临睡前挨的一句批评，一个被忽略的生日……"

"是的，但是并非所有的都是不愉快的，神父，"马克斯打断了他的话，"也有救赎的时刻，不是吗？"

"如果没有，"神父说，"那么上帝就枉费了我的生命。"

两个人就好像老朋友般静静地坐在那里。神父哼了几句肖邦的夜曲，望着空中的白云。

然后有一只鸟落在了雕像曾经站立的那个地方——那尊圣像的眼睛曾经注视着广场上闲逛的人们，他们吃三明治，拍照，给孩子和小鸟喂食，有时也有流浪汉从河中上到岸来散散步。

马克斯擤了擤鼻子，然后将罩在脸前的头发捋向了一边。

"请原谅我，"马克斯说，"您真好意，但我现在真的没事了——无比感谢。"

坐在他身边的这个波兰人以前在华沙最穷困的地方志愿当上了孩子们的顾问，从那时起，他便开始了他的神父生涯。他无法相信自己所见到的一切。他迅速升职，善于同困扰无数行动人士的官僚主义进行谈判协商。通过与年幼而身处困境的孩子进行密切交流，这位神父了解到了人们不愿意告知自己的困境的心理。

"你什么都可以对我说，"神父说，"我不仅仅做祷告——我也会提出建议。"

马克斯笑了。

"我只是想知道为什么一尊消失的雕像会让一个年轻的美国先生哭泣。"神父说。

神父的头发有着干草般的黄色。它们自然地斜向一侧。他很英俊，马克斯觉得他永远不能结婚是件憾事。

"只是一件我听说过的旧事。"马克斯说。

"听起来不错，我很喜欢故事，"神父说，"它们帮助我更好地了解我自己。"

神父点了一支烟，将一条腿搁在了另一条腿的上面。马克斯盯着他看。

"这是我们唯一被允许的恶习，"神父说，呼了口气，"你要来一支吗？"

马克斯抬起一只手说不。

"故事是发生在永恒之城吗？"神父问。

"拉斯维加斯。"

"拉斯维加斯？"

"你去过拉斯维加斯吗？"马克斯问。

"没去过，但我在明信片上看过。"

"想象有一个女人坐在一个赌场的外面。"

"一个女人？"

"对。"

"好吧，"神父说，他合上了眼睛，"我开始想象。"

"一个女人坐在赌场外的一堵墙上。天气很热。空气中弥漫着啤酒和香水的气味。那个女人的名字叫莫利。她很年轻的时候就结婚了。"

"未成年新娘？"神父问。

"正是——非常年轻，"马克斯说，"莫利的父母来自费耶特郡，然后在诺克斯郡常住——在得克萨斯。她的父亲是校车司机，她的母亲不工作。莫利上了诺克斯郡高中。学校的标志是一头小熊。有些足球运动员在他们的手臂上文着熊掌的图案。离镇子不远有一条河。很多青少年都会去那里，他们坐在树枝上，看着河水。

"想一想你看到过的拉斯维加斯的明信片，神父，然后再加上城市上空鬼魅般的霓虹灯管，在其所照范围内改变着每一个人脸上的颜色。明亮而闪烁的灯光让孩子们充满希望却一无所获。

"你可以远远地看拉斯维加斯：地平线上隆起的那些金属物。如果你晚上到那个地方，灯光会从黑暗的沙漠里呼唤你，就好像戴着尼龙手套的魔爪。

"莫利的第一任丈夫在婚礼不久后就被车轧死了。然后她遇到了一个已婚的高中足球教练。

　　"莫利和那个教练几年来总是一个星期见一两次面。莫利发现自己怀孕了以后，那个高中足球教练就假装他们互不认识。

　　"莫利的儿子一九八五年出生的时候，他连啼哭都没有。莫利觉得这个孩子有一个苍老的灵魂。一直到孩子四岁，莫利都是独自抚养他。"

　　神父笑了，然后又点了一支烟，显得很专心的样子。

　　马克斯继续说：

　　"所以莫利就坐在赌场外面的墙上，她在哭泣，可是她哭得那么小声，没有人听得见——甚至连她四岁的儿子也依旧自顾自地绕圈，追着自己的影子。莫利时不时地向他伸出手去，但没有碰到他。

　　"去拉斯维加斯旅游是杰德的主意。莫利和杰德在一起有三个月了。杰德管理一个存放家具的仓库。杰德坚持要莫利的孩子叫他'爸爸'。每次孩子看到杰德开着卡车过来把车停在院子里时，他就会跑进他母亲的卧室。她的床底下有一堆塑料小动物玩具。可这并不是等着杰德离开的最好的地方。对这个小男孩来说，他们两个似乎在轮番地面对死亡。"

　　"我们只是在等你的父亲，"莫利说，"他马上就会来了。"

　　她已经这么说了好几个小时了。没别的可说。她第一次说的时候，她的儿子回答道：

　　"他不是我的父亲。"

　　"嗯，如果你允许的话，他是想当你的父亲的。"他的母亲恨恨地说。

赌城里的喧闹声传到了人行道上。扩音器里传来空心金属硬币的撞击声。赌徒醉醺醺地看着幽灵硬币在他们的手指间窜来窜去。如果中了头奖他们的人生就会从此改变。以前爱过他们的人会再次爱上他们。每一件做错的事都会被谅解。一个男人有了钱就会理清他的所有恋情——如果他能克服困难。他能够做到慷慨大方。

一个手持精美苹果拼盘的侍者从莫利和她儿子的身边匆匆走过。随后是一对手拉手的身材消瘦的夫妇。再接着是一个老妇人，她跌跌撞撞地走向路的中间，一辆摩托车从她身边急转而过，车上的人冲她大喝了一声。另外还有三个穿着西装的男人小心地将一个衣衫褴褛的男人拉向人行道，他的两条腿拖在后头，就好像两支柔软无力的船桨。

"你要再回来，我们就把你抓起来。"一个穿着西装的男人说。

"好吧。"这个男人小声地说，然后开始捡从他口袋中掉出的硬币。小男孩帮他把硬币捡了起来。男人说："谢谢，孩子。"

他们安静了一会儿，然后小男孩开始哭泣。他坐在了地上。他穿着短裤，他的腿被太阳晒得红红的。他的袜子上有毛毛虫的图案。一只袜子已经缩进了鞋子，因为他走了太多路了。

到凌晨三点钟的时候，小男孩和他的母亲已经被淹没在成群的醉汉间，他们有的是保险销售员，有的是橘子郡来的牙医，有的是从肯塔基州的小镇上来的衣着光鲜的赌徒。另外还有去赌场和裸体酒吧上班或者刚从那里下班的女人们。

小男孩的嗓子干极了，他不得不舔了舔自己脸颊上的泪滴。有时他会从自己的口袋里拿出一张贴纸，然后同其他一些画着拉斯维加斯路边裸体女郎的亮闪闪的卡片一起摆在地上。

一辆豪华轿车在交通灯边停下。是一辆婚车。里头的女人正和着乡村音乐一边吸烟一边唱歌。新娘很年轻。她看到了莫利，然后尖叫起来。

小男孩脱下了自己的拖鞋，然后把它们和他母亲的鞋并排放在一起，他母亲早就把鞋脱掉了。

莫利的皮夹，里头是她全部的钱，在杰德的卡车里。

"我来掌管这些钱。"杰德如是说。

他们从得克萨斯一路开了四天。小男孩不停地呕吐，因为杰德关着窗开着空调在车里抽烟。

夜里他们三人就躺在一个垫子上。空气很凉。凌晨的时候天空呈现出紫色——当晨光微启大地微明时，天空中则洒满了金色。

莫利的儿子不敢跟他母亲说他想上厕所。想到进入赌场就会让他感到恶心。大约过了一个小时后，他的内裤差不多干了，腿上的麻刺感也减轻了很多。

然后有个人向他走了过来。

一个男人，他站着，注视了这个男孩很长时间；然后他又走开了。

后来他回来了，手里拿着什么东西。

男孩觉得他光着的大腿似乎碰到了一个冰冷的盘子。

然后他发现有个人影正站在他的面前。

"吃吧。"这个男人轻轻地说，然后指向了盘子上一块白色的上面有奶油的东西。

这个男人穿着黑色的裤子，系了一根红色的软质腰带。他的长袖衬衫很厚，上面有黑白的横向条纹。

"提拉米苏，"这个男人急切地说，"是在威尼斯宾馆的赌场买的，离这里几条街——我特地给你买的。"

男孩眯起了眼睛，然后转向了他的母亲。莫利透过她浮肿的双眼疑惑地看着这个陌生人。

"不用担心，这位妈妈，"陌生人对莫利说，他用双手同时指向他自己，"Amico——朋友。"

莫利有一双漂亮的眼睛。她在一生中已经交了很多这样的"朋友"，很多她不久就会忘记的"朋友"。

"不，谢谢。"她回答得很大声，路过的人都能听到。她沙哑的嗓音中充满了疲惫。

"妈咪——我能吃吗？"她的儿子说，他把手指头插入了奶油，"我觉得很好吃。"

莫利把盘子端在手里，仔细查了查盘子上的东西，然后把盘子放回墙上。"吃吧，然后谢谢这个人。"

这个男人坐在墙上离他们几米远的地方，他点了一根细细的烟。烟味很甜。他吹起了口哨。小男孩吃完甜品后，他滑向了陌生人那边，把盘子轻轻地放下。

"我很喜欢。"他说。

"我们叫它提拉米苏。意大利语里是'接我'的意思。"

然后这个男人凑到了男孩的耳边。他的呼吸带着烟味。

"里面也有酒。"他眨了眨眼。

小男孩向下看了一眼空空的盘子。盘子的中央有拉斯维加斯的颜色，折射在一小潭融化的奶油里。

"你为什么这么说话？"男孩问。

"我的口音？"男人说。

男孩点了点头，尽管他从前从没有听到过"口音"这个词。

"我是一个船夫——我有意大利口音。"

"船……"

"船夫，对。"

"船夫？"

"对——你知道船夫是做什么的吗？"

"妈的！"他的母亲低着头破口而出，"别再烦这个人了。"

"可是妈妈，他是好人。"

"他们一开始都是好人。"她说。

男人冲着男孩眨了眨眼，然后站起了身。他从口袋里拿出了三个小橘子。

"他们一开始都是好人，这个妈妈——可是他们在一开始都会变戏法吗？"男人说。

小男孩看着小橘子上升又降落。他也用他的小手掂了掂每个橘子的重量。

"魔法就在于你如何在最后一秒接住它们，在它们掉下去之前。"陌生人解释道。

"我想试试。"男孩说。

船夫停止了戏法，弯下腰来。

马克斯把橘子拿在手里，然后看着它们。

"它们对我来说太大了。"

"啊！"船夫叫道，然后只见他从口袋里又拿出三只小金橘。

莫利笑了。

"金橘是通向女人心的桥梁，我的小朋友。"

男孩又看了看他的母亲。他想要她开心。他们在度假。

"我们在等我的未婚夫，"莫利说，"他马上就出来了。"

小男孩把金橘放在他鞋子的旁边，然后小声地对船夫说：

"他把所有的钱都输光了，先生。"

"他会把它们赢回来的。"莫利说。

船夫同他们一起坐下，然后点起了另一支烟。

"吸烟对你的身体不好。"男孩说。

船夫耸了耸肩。"是我的祖母叫你说这个的吗？"

"不，"男孩说，"我从电视上看到的。"

莫利惊醒时，天差不多亮了。她的儿子还在枕着船夫的条纹衬衫睡觉。船夫吸着烟，愣愣地看着前方。莫利顿了一刻，不知道这是不是同样的一支雪茄。

"你肯定觉得我们很可怜。"她说。

船夫思考了一下，然后说：

"你同意让我帮你和你的儿子一个忙吗？"

"我不知道，"莫利说，"我未婚夫出来的时候心情未必会好。"

"好吧，"船夫让了步，"没关系——我只是觉得你可能会同意的。"

他们中间有一对小小的眼睛突然睁了开来。

"同意什么？"一个小小的声音询问道。

"同意当一回我的小船的贵宾——经过威尼斯的运河。"

小男孩爬到了他母亲的腿上。

"我们一定要去。"他带着哭腔说。

莫利转向了船夫。

"我不知道你为什么为我们做这些——但是如果你要杀了我们，你现在应该已经做到了。"

她的儿子生气地瞪着她。

"他才不会杀了我们。"

当他们走进威尼斯宾馆赌场时，船夫挥了挥他的手臂。

"欢迎来到世界上最美丽的国度。"他说。

小男孩看着天花板上的一个个雕塑。

他们的白色大理石的皮肤在晨曦中闪闪发亮，他们的手永远地举着，手指则微微地张开着，带着信仰的姿势。

"我觉得他们都是圣人，小小的，"船夫说，"他们保护我——也保护你。"

有一尊雕塑不见了。屋顶上他站着的地方现在空空如也。

"那个圣人去哪儿了？"小男孩说。

"我不知道，"船夫若有所思地说，"这么想吧——我的朋友，他可能在任何地方。"

"我相信圣人。"男孩说，他想那个消失的圣人有可能就是他真正的父亲。

"你真的相信圣人，孩子？"

"是的，我信。"

"那你就是意大利人，孩子，彻头彻尾的——一个热血的意大利人。你能做这个吗？"船夫将他的手指合在一起，冲着天空的方向前后摆动双手。男孩照着他的样子做了。"现在说，'圣母玛利亚。'"

男孩将他的手指合在了一起，然后冲着天空的方向前后摆动，并说，"圣母玛利亚。"

"好的，但是大声些，朋友，大声些！"船夫叫了起来。

"圣母玛利亚！"小男孩尖叫道。

人们都看着他们。

"那是什么意思？"莫利问，"这不是个不好的词吧？"

"不，这位妈妈，它的意思，简而言之就是：我热爱这个美丽的世界。"

小男孩看着圣人们，他的手指合在一起就像一个小教堂。

"圣母玛利亚！"他用孩子般纤细美妙的嗓音说着。

他们三个人在赌场中散着步，没有说话。

老虎机边靠着几个忧郁的灵魂。机器发出生命的怒吼。

两个穿着西装叉着手臂的黑人对着船夫笑着。

"你怎么样，理查德？"一个说道。

"挺好的。"船夫小声地回答道。

"你叫理查德？"莫利问。

"在另一个生命里。"

"在意大利？"小男孩问。

"另一个生命，小个子。"船夫说。

"事实上，你能不能叫我'大个子'？"小男孩问。

走廊是一条长长的大理石过道，两侧有高高的乳白色的柱子。然后他们到了一个房间，房间里画着一千张金色的树叶。小男孩抬起了头。他看到有披着袍子的人在浅浅的色彩间游弋。还有几十个天使——甚至还有小天使，他们有着圆圆的脸庞和粉嫩的脸颊。

"圣母玛利亚！"男孩说道。

快走到房间最里边的时候，他们听见了乐声，有一个身前挂着手风琴的男人正在弹奏他的乐器。

"我的朋友。"手风琴师看到船夫便说。

"你好，我的兄弟，"船夫说，"我来向你介绍一下我从旧世界带来的两个亲爱的朋友。"

卡洛笑着将他的乐器来回摆动。他的手指按着琴键，琴箱发出独特的嘎嘎声。空气被吸入琴身的声音就好像呼吸一样。

"很好听。"莫利说。

卡洛跟在他们后头走了几米，一遍又一遍地弹奏着同样的三个音符。小男孩时不时地回过头笑。他从没有觉得自己如此重要过。他们最终停下时，已经站在了外头的桥上。

初升的太阳在两栋高耸的赌场大楼的夹缝间清晰可见。

"看到那个了吗，大个子？"船夫对男孩说，"每一个早晨都可以成为你生命的开始——你有成千上万条生命，但是每一条只能持续一天之久。"

当太阳升上他们的视平线，照亮整个大地时，一个穿着黑色连衣裙的女人捧着一个餐盘走了过来。她非常高，她的鞋跟敲击着石砖。

"早上好。"她说，然后把那盘食物递给船夫。

莫利迟疑了一下。"我们没有点这个。"

"不，不——是你的朋友给的。"女人说，然后她指向了赌场大楼上无数个精美的拱形阳台中的一个。在那个高处有一个无从辨别的人影开始向他们招手。当那三个音符飘向广场时，小男孩也开始冲着他招手。

盘子上有六个卡卡甜甜圈，还有一个小酒瓶，酒瓶里有一朵玫瑰花。

"威尼斯多纳塔甜甜圈！"船夫惊异地叫出声来。

小男孩凝视着甜甜圈。"看起来很好吃。"他说。

船夫拿起一个嗅了嗅，然后把它递给他的小朋友。"很新鲜——刚出炉几分钟。"他说。

"就跟今天一样。"男孩说。船夫热切地点了点头。

另外还有三个很小的杯子，两杯里面是黑咖啡，一杯里面是牛奶。

"这些杯子是给小孩子的吗？"小男孩问。

"是的，"船夫说，"因为无论孩子们长得多大，他们在父母的眼中永远是小孩子。"

莫利笑了。

早餐后，船夫牵着莫利和她儿子的手将他们带到一个无比宽敞的游泳池边，游泳池在广场的边缘处。游泳池的上方跨有几座桥。

有几艘奇怪的船只停靠着，它们都拴在一起，不约而同地上下浮动着。

"我们也许应该回去了。"莫利说。

"你说得对，这位妈妈，"船夫说，"但是坐一次船不会太久。"

"杰德现在得等我们了，妈妈。"小男孩说。

"放屁。"莫利生气地说。

"为什么不？"船夫说。

"走吧，马克斯。"莫利说。

莫利走开了。她的儿子不情愿地在后跟着。他又想哭了。他的腿上似乎又有了刺痛感。

莫利突然转身冲着船夫。"你不认识我们。"

船夫没有动，就好像他知道她会转身一样。

"我认识你，洛拉。"船夫现在丝毫没有了意大利口音。

莫利停了下来。

"你为什么这么叫我？"

船夫看着自己破旧的鞋子。

"那是我女儿的名字。"他耸了耸肩说。

"你的女儿？"

"是的——我美丽的女儿。那是她的名字。"

莫利又生气又遗憾地看着他。

"好吧，可那不是我的名字。"

"但有可能是，"船夫坚持说道，"可能曾经是。"

"你并不是意大利人，对吗？"

"妈妈。"小男孩说。

莫利站着望向前方，但她没有看着船夫。男孩拖着她的手臂。然后她生活的真实状况向她倾泻而下。

她感到又累又不舒服。

晴空中划过几只小鸟——它们除了自己的小生命，对别的一无所知。

男孩松开了他母亲的手臂，蹲了下去。

他的头垂入了他的双手。他把拖鞋脱了下来。在上午灼热的阳光下，他的双腿又开始有了刺痛感。

人们在他们身边绕道而行。

然后莫利俯下身帮他拉了拉他的毛毛虫袜子。

"如果你要坐船，就把鞋穿上。"

上船的地方，有其他几个穿着同样的条纹衬衫的男人。他们一边吸烟一边用小杯子喝着咖啡。他们举起手打招呼，毫无表情地点着头。

不用几分钟的时间，船夫、莫利还有她儿子都上了船。男孩说这艘船看起来就像一缕胡子。他抓着他母亲的手。他想要她明白她做了一个正确的决定。手有着它们自己的语言。

船夫就像一个机械玩具般站着，他用一根长杆抵着蓝色的河底。每一个人都看着他们。卡洛也来了，他在岸上跟着他们走，弹奏着他的三个音符。

"早上好！"船夫对每一个过往的行人说道。一个日本女人开始鼓起了掌。

莫利惊异地看着站在阳台上的人。饭店里也都坐满了人。前一天晚上从他们身边走过的邪恶的人影都不见了，现在这个城市里满是温柔友好的人群，他们日出而起，夜里起身也仅仅为了倒一杯水。

他们到了运河较宽的河段时，船夫从船尾走了下来，他打开他原来站立处的船箱盖，解开一把锁，然后从箱子里提出了一个深色大木盒。他把盒子放在船中央的长凳上，长凳的一头连着船箱，另一头则是一把翡翠绿的坐椅，坐椅上是莫利和她的儿子，他们紧紧地挨坐着。

"这是什么？"男孩问。

"你一会儿就知道了，大个子。"

船夫又从船箱里拿出一个很薄但是很重的黑色圆盘放在了盒子的上方。然后他迅速地旋转手柄，并将一根一头有针尖的厚金属杆拉了过来。

　　起先，莫利和小男孩除了嘎吱声什么都没有听到。不多久，威尼斯广场上边就回荡起了恩里科·卡鲁索的甜美而有力的歌声，而此时船夫已回到了船箱上对起了口形。

　　人们聚集到了桥边鼓起掌来。孩子们惊愕得说不出话来。

　　船夫的口形对得完美无误。人们以为他真的是在唱歌。但是歌声属于一个久逝之人。

　　莫利向后靠去，合上了眼睛。她从未听过一个人如此深情地歌唱。她抱住了自己的儿子，然后意识到她一直梦想着想要拥有的爱正坐在她的身边，穿着拖鞋和上面有毛毛虫图案的袜子。

　　歌曲终了，但是针尖依旧在旋转。当他们回到出发地时，盒子发出了嘎吱的声音。船夫快速地将他的船同其他船绑在了一起。他的双手沧桑得就像两条筋疲力尽的狗。

　　船夫在音乐盒的边上坐下。

　　"再来一次。"男孩说。

　　船夫又一次旋转起了那个机器。当嘎吱声再次响起时，其他的船夫都停下了手中的活儿面向他。他自豪地站在他的船箱上，清了清喉咙，然后开始歌唱。

　　一个孤独而绝美的声音坚毅地从运河传向广场，屋子里的人们纷纷从床上和电视机前走到阳台上。

　　有那么一段时间，这个声音甚至在赌场里都能听见：赌牌被放了下来；人们都侧着脑袋。

"这首歌唱的是什么？"男孩小声地问他妈妈。

"我不知道。"莫利说。

"我知道。"她的儿子说。

广场上响起了雷鸣般的掌声。

到了该说再见的时候，小男孩不想让船夫离开。他们能够感受到彼此的心跳。

在圣彼得广场上，坟墓外的队伍已经排得很长。穿着牛仔裤的年轻的意大利人在卖水和苹果。导游们静止不动地站着，手里拿着船桨。孩子们在手推车里睡着了。青少年骑着喷烟的小型摩托车疾驰而过。饭馆经理向游客们吆喝，而游客们在迟疑了一刻后又继续行走。

偶尔地，有人抬起头，注意到一尊雕塑不见了。

神父从他的口袋里取出一块手巾，轻轻按了按他的眼睛。

"圣母玛利亚。"他静静地说。

在离开前，这两个人想到了一个孤独的船夫正在内华达沙漠运河的游泳池里划着桨——用那首他曾在威斯康星的农场上唱给他女儿听的歌牵回被遗忘的一切。

来来往往的陌生人

沃尔特的雨中行

沃尔特骑着他发热的摩托车在泥泞的小道上起起伏伏，他的呼吸同这个不大却坚韧不拔地运作着的马达形成了共同的节奏。他每踩一下马达都会吸足一口气，等到下一次再踩马达时才呼出。他马上就能看到他所爱的人住的房子了。在远处，星期日的气息就好像一个年事已高的哑人一般笼罩着村庄，这个哑人将自己的脸隐藏在了悬挂于空中的层层云朵之后。午后下过一场大雨，土地都是湿润的。

相思成病的沃尔特浑身都湿透了，他精疲力竭。他想着星期日小镇街道上的景致。有的人刚熨了衣服，电熨斗还发着嘶嘶的声音，他们在唱赞美诗；有的人则刚做好饭，没用完的淀粉还搁在一边，热气腾腾的晚餐已上了桌；有的人则刚给鞋上了油，他们将鞋放在了火炉边，每一只鞋漆黑的表面似乎都有一簇小火苗；狗儿们在房屋的后门边大声吠叫。天上有几颗星星已经显现了出来。

他停了下来，扶着摩托车。他试着听听远处小镇的声音。起先他所能听到的只是自己急促的呼吸声。然后他听到一辆公车咆哮着开上山丘，似乎有的树枝被连带扯断了。然后在远处——海鸥在山崖间鸣叫。

沃尔特摩托车的黑色油箱上有一些淤泥。树叶和枝杈也粘在了上面，它们用自己的语言记下了他旅程的每一段。这个世界的光亮还未完全消逝，月亮已挂在了天边，它给光秃秃的树枝念了骷髅的魔咒。

道路向下倾斜，有几百米长。远处，母牛栖息在陡峭的牧场，对着大海哼哼唧唧。沃尔特想象着它们的眼中充满了无言的疑问。它们能够明白什么？悬崖上方那个冷淡的到处是水的国家？它们能感受到星期日的静寂吗？

沃尔特将绑在车后座边的牛奶篓子里的一篮鸡蛋拿了出来。然后他将摩托车躺倒在地上。摩托车一只手柄的末端陷入了淤泥里。

这是此郡的最高处。沃尔特向西望去，他在叔叔的大篷车里的几本书里读到过，那里就是美国。他大呼一口气，想象黑夜是如何——像一道翻滚的海浪般——将他的呼吸带过海洋带到纽约。他想象着一个陌生人呼吸着充盈在他体内的空气。

沃尔特脱下一只手套，搓了搓脸。他的指甲又黑又油。沃尔特想象他的母亲正坐在家中的火炉边，怀里抱着他的弟弟——猜想他的儿子在外头的细雨中做些什么。他的父亲应该已经从轮椅上站起来，现在正在大篷车的车顶，一边吹着口哨一边敲敲打打地给漏水的面盆加上几层新的嵌板。

"这个国家除了雨声和歌声外就所剩无几了。"有一次他的父亲用他的吉卜赛口音如是说。

年幼的沃尔特问这样好不好。

"哎，这是伟大的，沃尔特——因为每一首歌都是一段记忆的追寻，每一场雨都在同一时刻触碰了这个城市的每一处。"

　　沃尔特极爱史密斯乐团。上个星期他在大篷车里的时候，当他的母亲让他坐下给他剪发时，他给她看了一张莫里西的照片。

　　"这个瘦家伙到底是谁？"她说。

　　"你能把我的头发剪成这样的吗——你会吧，妈？"

　　"你为什么想要把头发都往一个方向弄？"

　　沃尔特耸了耸肩。"我就要这样。"他说。

　　"好吧——如果你想这样的话。"

　　"谢谢，妈。"

　　"他是个歌手，是吗？"

　　沃尔特叹了口气。"他不仅仅是歌手，妈。"然后他心想，聪明的女人都不会拒绝我的，如果我看上去像史密斯乐团的人——"史密斯乐团"用他爱尔兰吉卜赛口音发出来就好像是"斯米茨乐团"似的。

　　很久很久以前，在某个夜晚，沃尔特的父亲用自己的歌声引诱一个他刚碰面的女人。她聚精会神地听着，忘了她的双手还搁在水盆里。她坠入爱河的时候手里头拿着一只盘子。这可不是她想象中的情形。

　　几年之后的某一天，大雨倾泻在大篷车上，车身也因为狂风左右摇晃，他对着还是婴儿的沃尔特轻轻地哼了另一首歌。

山丘上的吉卜赛人

　　沃尔特从小就同家人一起住在位于爱尔兰东海岸的一个叫做维克罗的村庄的外头。同吉卜赛家族中的其他家庭不同，沃尔特一家一直都待在同一个地方，并且与吉卜赛传统相反，沃尔特的家人鼓励他上当地的学校，并且同村庄里的人互相来往。

　　村子里的每个人都认识沃尔特，他们也明白他们为什么要住在离镇子两公里外的山丘上。

　　一九四三年，沃尔特的祖辈们从希特勒的屠杀计划中逃出，来到了爱尔兰。在六十年代初期的那个南爱尔兰吉卜赛的节日上，沃尔特的父母在一片倾斜的田野上相遇。那时天差不多已经黑了，但是他们能够看清彼此的脸。那个晚上很凉。她光着脚。沃尔特的父亲问她的哥哥他们是从哪里来的。过后，他又给了她一些蛋糕吃。她从他的手中接过蛋糕，一口气吞了下去。他们都笑了。后来，她听到有人在敲大篷车的门。她的哥哥在看书。她正光着脚卷着衣袖站在水盆边。她的哥哥知道是谁在敲门。他打开门然后出去吸烟。那个人抱着一把吉他。最后那件事情发生了，她屏住了呼吸。

　　两天后，他们私奔了。然后，根据传统，他们两家相见、欢笑、争吵，谁都不输给谁。不到一周，聘金订了下来，沃尔特的父母（那时还二十不到）回了家。

　　沃尔特年轻的父母亲婚礼过后就立刻去了维克罗，每个人都开玩笑说他们已经度过蜜月了。

"真是一个精致、狂野又荒凉的国家呀。"沃尔特的父亲开着车对他的新娘说。他还是有点紧张，因为她是一个文静的姑娘。他把一条毯子盖在她的膝上。她抖了一下——虽然并不冷。

她的帐篷在贝尔法斯特附近，而他的帐篷一直在移动，大多数的时候都在都柏林周围。

他们两家都靠出售二手车、汽车零件、废旧金属，以及磨刀、铺沥青等活为生。女人们则给人算命——这是一种几百年来不断得到发展和完善的技艺，这个技艺基于一个信念，那便是所有的人都渴望着同样的东西：爱与接受。

穿过村庄后，这对年轻的夫妻在一个山丘上停了下来，他们选了一片看得见大海的田野开始搭他们的新婚帐篷。帐篷是橙色的，它的撑杆非常牢固，完美地连接在一起。

帐篷搭好后，他们便躺在里面，盖着一层厚厚的毯子，然后他们开始悠闲地给彼此讲故事。帐篷外面，云朵经过田野上空飘向了大海。

一只兔子跳向帐篷，又跳入了灌木篱墙。

他们在一起时，她的身体在发抖。她紧紧地向他靠去。他在聆听夜晚的声音，大海上的岩石展开其冰冷的双臂；海水表面有白色的泡沫在翻滚；一群黑雁呜呜呀呀地飞来飞去。

早上，沃尔特的父亲用他们买的食物做了一顿早餐——没有被浅陋的非吉卜赛人污染过的食物。

十几根香肠噼噼啪啪地作响，它们的一侧被烤成了棕色。此时，沃尔特的母亲听到了一记轻微的啪啦声。她正在篱笆边洗脸。她转过身向帐篷看去；帐篷橙色的帆布在大风中向着同篱笆相反的方向涌动。她继续洗脸。那天的风可真大。

　　然后沃尔特的父亲也听到了什么——似乎在远处有微弱的尖叫声。他将视线从香肠上移开，然后注意到几百米外的悬崖上有两个小点。他将叉子扔在草地上跑了过去。有两个孩子站在悬崖边，他们的边上有一辆空着的婴儿车。两个孩子中较大的那个奋力举着双臂，他正向下看着水面。

　　然后较小的那个开始尖叫。

　　下方至少几十米的海里，有什么东西在上下疾动着。

　　海水是深绿色的。

　　沃尔特的父亲踢掉了自己的靴子，然后跳了下去。

　　他掉到水里的时候，右脚的几片骨头碎裂了。

　　他的妻子眼见着他消失。她张大了嘴尖叫，却发不出声音。

　　大家都以为他们死了，因为他们两个都毫无踪迹。警察出动了一艘船。他们连一只袜子或一只小鞋子都没有找到。没有一点儿蛛丝马迹。

　　沃尔特的母亲被警察带去了这两个孩子的家，他们给了她一杯茶，如果是别的时候——出于吉卜赛传统——她是不会接受的。

　　孩子的母亲坐在沃尔特母亲的身边，她们挨得很近。最终她们的手握在了一起。

两个孩子坐在她们的脚边。

她们一动不动，面无表情。

越来越多的家人穿过厚重的农场大门走了进来。他们尖叫，然后小声地说话。一个还没结婚的中年男人将脸埋入了手掌哭泣。然后有两个女人向这个坐着的吉卜赛人走了过来。她们摸着她的肩膀、膝盖，然后紧紧地抱住了她，因为太迟了——现在做什么都太迟了，唯有盲目、温柔、无言的拥抱。

然后楼上传来了玻璃碎裂的声音。

有男人在说话。

地板上有重击声。

时间会在不经意间解开一切谜团。

然后突然——奇迹发生了。

差不多是半夜了，警察重重地敲着门。

灯亮了。

椅子上的人们惊醒过来。

火炉像一只深红色的血橙。

人们又开始尖叫了，但这次不同，因为警车后头有一个男人和一个小女孩被搀扶着走了下来。

这个男人有着深色的肌肤。是一个吉卜赛人。这个孩子紧紧地抱着他。

他们的身上裹着厚厚的毯子。他们的头发都乱糟糟的。孩子吓得不轻，她的目光时刻都不离开这个从悬崖上跳下去救她的吉卜赛人。他的神情从未如此平静过。他还是没能完全相信他们都活着。直到他见到自己的妻子，他才明白这不是梦——超越死亡的生命的幻想曲。

那个母亲冲向她被吓坏了的孩子时掉了一只鞋子。孩子伸出双臂，她一触碰到这个熟悉的怀抱，眼泪和哭喊便爆发了出来。

沃尔特的母亲给了他的父亲一记耳光，然后亲遍了他的整张脸。

越来越多的车灯出现在了街道上。

人们沏上了茶。

房屋里充满了欢笑。

人们拉扯着彼此的头发。

大家又叫又跳。

玻璃杯又被打碎了。

歌唱。

这个吉卜赛人和小女孩是在从悬崖走回小镇的路上被人发现的。他们被向外翻腾的海浪卷到了十几里外。

他手臂上的皮肤被磨破了，有灼烧般的疼痛。

他黑色的双眼燃烧着生还的怒火。

浸湿的衣服沉沉地垂在身上。

终于，这个男人和孩子摔倒在了一片浅沙上，然后他们被涌起的浪花推上了岸。

沃尔特的父亲已经失去了对时间的记忆。也许好几年已经过去了。也许他们是这个世界上唯一活着的两个人。也许他们俩从此就得相依为命了。当他看着孩子不停地咳嗽时，这些想法就不停地涌进他的脑海。

　　沃尔特的父亲帮孩子脱去了所有的衣服，然后将她冻僵的身体塞入自己的怀中，唯独她的脑袋探出来。当她的身体汲取了他的体热时，她停止了咳嗽，睡着了。

　　她没有死，这点他知道。他能感受到她的呼吸。他能感觉到她的生命同自己的生命拴在了一起。

　　终于远处出现了一辆车。沃尔特的父亲弱弱地挥了挥手。

　　"去死吧，吉卜赛人。"司机透过窗户大叫道。

　　继续走路。

　　然后有一个老农带着一车羊出现在前方。

　　这个老农参加过战争，所以他立刻注意到他的车灯下这个孤单的身影。

　　农夫看到这个在漆黑的道路上行走的男人浑身上下都湿透了。然后他看到了另一颗脑袋。他把车停在路边，招呼他们赶快上车。他放走了几只羊，给他们腾出了点空间。然后他开回了自己的家，连车门都没有关。

　　他的妻子找来了毯子。瓷杯中的热茶里特意多加了糖。

　　农夫查看了一下壁炉，问他们是否想留下过夜。

　　沃尔特的身体还未停止发抖，他就告诉农夫这个小女孩不是他的——他只是在冰冷而漆黑的漩涡下找到了她，他们的手臂像藤蔓般永远纠缠在一起。

农夫显得十分难以置信。

他的妻子用大厅里的电话报了警。

第二天，当沃尔特的父母给他们的橙色帐篷打包时，几辆旧的路虎越野车穿过敞开的大门驶入了田野。然后又来了几辆车。甚至还有一辆警车。沃尔特的母亲帮助他的父亲站起来。他的腿上还绑着绷带。疼痛就好像有五十只黄蜂困在他的脚里乱撞。

一大群人向他们走去，走在最前面的是那两个悬崖边的孩子和他们的父母。他们在距离他们几米的地方停了下来，然后小女孩的父亲独自走向了沃尔特的父亲。他站在他的对面，伸出了手。当沃尔特的父亲同他握手时，这个年轻的男人便凑上前同他拥抱。人群中有几个人开始鼓掌。警察脱下了他们的警帽。女人们在她们的厚夹克衫上画着十字。

这个男人递给沃尔特的父亲一个信封。

"为你所做的一切，吉卜赛人。"这个男人大声说道。他的脸颊上闪耀着光芒。

沃尔特的父亲看了一下信封。

"这是我给你的一封信，还有一个契约。我们把我们现在站立的这片土地送给你了。"

沃尔特的父亲曾被警告说不要同非吉卜赛人有来往。

"接受吧，"这个男人坚持道，"看在玛利亚，基督之母的分上，接受它吧。"

沃尔特的父亲抬头看了看天空，大呼一口气。

如果他开始同非吉卜赛人来往，他的家人会说些什么。

然后那个男人跌倒在地。两个人上前将他扶了起来。

然后那个得救的孩子的姐姐跑向沃尔特的父亲，她握着他深色的双手。

"我们不介意你们是吉卜赛人。"她说。

沃尔特的母亲站在她丈夫的身边。

"如果你愿意，你可以把你的全家带来这里，"女孩子继续说道，"我们可以在一起——这样就会像天堂一样。"

所以，那个橙色的帐篷永远没有被拆掉。事实上，现在在它的周围搭起了一个营地，人们把他们称为"山丘上的吉卜赛人。"

第二年，当那个得救的孩子的父亲决定举家搬到都柏林的安全地带时，他在自己的金属品商店里做了一个挂牌，然后在一个大风的午后将它挂在了悬崖边上。

挂牌上写道：

一九六三年，此处，
一个爱尔兰的吉卜赛人跳下悬崖
救了我的女儿。

差不多在那个挂牌被挂上悬崖的时刻，沃尔特诞生了。

加拿大孤儿

沃尔特看着他躺在水潭里的摩托车。他想象着自己加足马力全速驶向她家的情形。远处浪涛拍岸：浪花和黑黢黢的岩石——它们是两股相当的力量。沃尔特感到自己的体内也奔腾着这样的力量。他想到自己出生前父亲的壮举。

沃尔特所要去的那栋农舍正是当年他的父亲纵身跳下悬崖后他的母亲被人带去的那栋。

被救孩子的一家搬去都柏林后，一个中年男子搬入了这栋农舍，他开始在农舍的周围务农。现在，出人意料地，在这栋房子里所住的正是沃尔特的所爱——一个来自加拿大的孤儿。

沃尔特扶起他的摩托车，继续向她家驶去。只有一公里左右的路程了。

他想也许他能问她叫什么名字——这可以是一个不错的开始。他想象着自己骑着摩托车冲下悬崖，在半空中大声呼喊她的名字的样子。

当沃尔特第一次在村里见到她时，他正骑着摩托车。他转了弯，差一点撞上一个老妇人。

"亲爱的上帝，"他的视线跟随着她从一家店到另一家店时，他小声对自己说，"多美啊，看在基督之母的分上。"那个老女人瞪了他一眼，冲他挥了挥她的手杖。

沃尔特猜她是个从美国来的游客，就像很多其他的游客一样，他们（通常在夏末）会带着孩子一起来，然后在酒吧里宣称自己是谁谁谁的后代。

　　沃尔特看着她静静地在村庄里散步，在商店的橱窗前驻足。当她等候三十六路公车的时候，他开始抽烟，假装没有在看她。三十六路公车是向北开的，乘客喊停的时候它就靠边让他们下车。

　　沃尔特考虑要不要跟着公车出城，但是他的摩托车声响太大，也许会惊扰到她，同时他也担心公车会开得太快，他赶不上。

　　沃尔特决心从商店里的人那里打听她是谁，从何而来。这些店里的人对方圆二十公里内的人和事都知道得一清二楚。

　　沃尔特在杂货店买了一包JPS烟，然后顺便提到他在村子里看到有个陌生人——一个女孩独自走着，就好像空中的一朵孤云——但是后来他突然喘不上气，所以说不出话来。

　　"你真的得少抽一些，"商店老板拿起烟盒说，"你年纪轻轻就抽那么多；看看你，沃尔特——你连气都喘不上来了。"

　　沃尔特离开杂货店前，那个老板突然想起他说的话，然后叫道：

　　"啊，你说的那个女孩，沃尔特。她来过，不错的姑娘，而且个子很高，但对你来说年龄大了些，我的孩子，你知道我的意思——她的经历多了些。"然后他自己笑开了。沃尔特耸了耸肩，他感到自己的血液因为羞愧而冷却了下来。

　　"我其实也不小了。"沃尔特大声说道。

　　正当他迈步离开时，他又听到商店老板说："她和她妹妹的故事真令人难过。"

沃尔特转身又将头探入了店门。

"你说什么？"

"真令人难过，沃尔特——她爸妈的遭遇。"

沃尔特又走进了商店。这时商店的灯打开了。他选了一品脱牛奶，将它放在了柜台上。

"我估计你不知道她是加拿大人。"

"加拿大人？那不错。"沃尔特说，假装毫不在意。

"她上个月和她的妹妹来到爱尔兰。是老爹去机场接她们的——"

"老爹怎么认识她们？"沃尔特问。

"我听说这是老爹第一次去机场，他还问爱尔兰航空的人乘客都从哪扇门出来。"

商店老板咯咯地笑。

"真是个蠢蛋呀，不是吗？"他说。

沃尔特转动了一下眼睛。

"她的家人怎么了？"沃尔特说，他接过找头，然后将牛奶塞入了他的夹克衫。

"这个，我的孩子——他们都在多伦多外的一场车祸里丧生了。"

"在加拿大？"

"对。现在这个家庭剩下的就只有你见到的那个高个女孩，还有她的妹妹——跟她长得一模一样——还有就是稀里糊涂的老爹。"

商店老板窃笑。

"那个人一辈子都一个人住——现在他得照顾两个姑娘。基督，玛利亚，约瑟夫——接下来是谁？"

"哎，是挺奇怪的，是的。"沃尔特说。

"但我觉得他会安排好的。"商店老板以爱尔兰的独特方式作了肯定——用哄骗、嘲笑、为难作为爱的前奏。

"你爸怎么样？"

"他不错。"沃尔特说。

"还坐着轮椅？"

"对——但他把一切都应付得很棒。"

"是的——像你爸这样的人不多了。代我向他问好。"

"好，我会的。"沃尔特答应道。

沃尔特离开亮堂堂的商店时，外头已经是黄昏了。他摩托车的前灯亮着，在车前黑色的水泥地上投射出一网黄色的光。

沃尔特从没和老爹说过话，但他知道他是谁。这个人从没结过婚。他独自住在悬崖边的一栋农舍里。偶然他会去酒吧——通常是在夏天——他亲切地小声说话，叫他的狗在旁边坐下。沃尔特不知道他的名字，只知道他是个出色的木匠。沃尔特的父亲曾说过老爹做的木工活比钢铁还要坚固。

沃尔特又上路了，天还在下雨，他的摩托车后车厢里依旧是那一篮鸡蛋。他的身旁有一只鸟啄到了一条虫子，它向前飞去，然后停在路边，将这条虫子吞了下去。

沃尔特七岁的时候，他在向内涌的浪涛间学习游泳，他的叔叔伊万小心地看护着他。伊万叔叔是在沃尔特小的时候搬来他们的营地同他们一起住的。他曾经想要娶一个从塞斯洛来的非吉卜赛女孩，但她最终离开了他，去找了一个在钻井台工作的英国男人。然而，有一次当那个女孩同她的新男友开着棕色的路虎越野车出现在营地的时候，伊万叔叔并没有显得非常沮丧。事实上，伊万叔叔笑着同那个新男友热情地握了手。

沃尔特（那时他长大了）相信伊万叔叔搬来与他们同住的真实原因是因为他的父亲的事故使得他半身瘫痪了。沃尔特父亲的双腿依旧有知觉，他可以站立（忍受着巨大的疼痛），但他无法行走——或者工作。伊万叔叔精力充沛，他能用一半的时间做两个人的活。同时他也是一个名人。伊万叔叔是历史上唯一一个拿到过奥运会金牌的吉卜赛人（以及爱尔兰人）。

蹦床吉卜赛人

沃尔特现在住的这辆大篷车以前是伊万叔叔的。车里头的墙上贴满了剪报，黑色、灰色、白色，它们神奇地拼出了一个白色的人形，在空中飞翔。

童年的沃尔特喜欢站在每一张剪报面前，仔细地观察他叔叔脸上的表情。在每一张模糊的照片里，伊万叔叔都穿着一件上头有号码的白色汗衫，在前面打结的白色短裤，黑色的薄袜，以及黑色的厚底鞋。

　　沃尔特记得他学习游泳的时候他瘦骨嶙峋的白皙的身体在冰冷的水中伸展开来。　他的叔叔会在岸边向他大叫游泳的姿势。　有的时候水底会有油油的厚实的水草。　沃尔特不喜欢水草。　他总觉得水底有什么东西潜伏在那里。　有一年的秋天，沃尔特游泳的时候大腿被一条鳗鱼咬了一口。　起先他觉得有东西在挠他痒痒——也许是一只愚蠢的水母被海水从深海处冲了过来——然后沃尔特低下头，他看到了一个黑色的脑袋和一个不可思议的硕大的身体正在他的两腿间挣扎。　沃尔特记得他的叔叔用他的衬衫绑住了他的伤口。　血汩汩地从他的大腿上流出，滴在了他的大脚趾上。

　　他的叔叔背着他小跑一公里上了山，他们叫来了一个当地的医生。　这个医生是从北爱尔兰来的，他开着一辆奔驰旅行车。　他透过眼镜把每一个人都打量了一番。　在做检查的时候，他的嘴里一直含着一块超大的薄荷糖。　在床上躺几天，把厅里的电视机搬进来，想吃什么就吃什么，就是这个医生的建议。

　　他的叔叔片刻不离地守在他的床边，一边吸烟，一边给他喂香肠，告诉他他是个男子汉，被鳗鱼咬了却依然活了下来——这是难以置信的。　沃尔特现在还有这个伤疤，一条白色的线，呈锯齿状，只是不再有凸出的疙瘩。

　　然后伊万叔叔会炸十几根血肠，他们一同坐在电视机前吃。

　　他的叔叔爱极了冬季，在连学校都停止晨跑的时候，他依旧穿着汗衫和短裤跑步，他的身体也因而一直很健硕。

打碎的鸡蛋

然后雨停了。

沃尔特眼前的景象就像一幅图画般展开——深绿色的灌木篱墙成排站立，一侧还有几棵枯树，一扇古旧的大门在丰收的时候被斜挂在一边，山上站立着几只山羊，然后便是如织的大海。

沃尔特发现伊万叔叔直挺挺地躺在床上的那个早晨，雪花从敞开的窗户飘了进来，盖在了他的身上。伊万叔叔在他的遗嘱里将他的大篷车、摩托车以及他的奥运金牌留给了沃尔特。

沃尔特远望着从他的爱人所住的农舍里飘出的缕缕炊烟。奖牌在他的衬衣里紧靠着他的胸膛。他能够感受到脖颈上的重量，似乎预兆着希望以及成功。

伊万叔叔葬礼上的蛋糕是蹦床的形状。面包师在蛋糕的四周用吸管做了支柱，撑起了一个用杏仁蛋白软糖做成的蹦床。

下葬的时候，有人从报上读了一则有关一九七二年过世的人的新闻。新闻的标题是"中距离飞行，爱尔兰吉卜赛人翱翔"。

沃尔特马上就要到那栋农舍了。他在脑海中一遍又一遍地重复着这个新闻标题，脑海中的那个声音就好像神父在诵读《旧约》。

"中距离飞行，爱尔兰吉卜赛人翱翔。"

"中距离飞行，爱尔兰吉卜赛人翱翔。"

然后沃尔特想出了他自己的新闻标题。

"爱恋加拿大女孩，英勇的吉卜赛人翱翔。"

沃尔特的皮衣皮裤因为浸了水而变得沉甸甸的。他感觉到最后的几滴雨水落在了自己的头盔上。他已经在广袤的绿色山谷间行驶了三十公里。每当他呼啸着飞驰而过时，满头卷毛的绵羊总会抬起头来瞧他。一条狭长的小径向下通往那栋冷冰冰的农舍。小径上满是深水坑，每一个水坑里都有月亮的倒影，就好像一只小小的白色的锚。水坑里还有从远处的窗户内投出的浅浅的蜜似的光芒。

沃尔特想象着她在屋内踱步的情景，就好像一个美丽的想法在人们的脑海中环绕。

沃尔特推着车走进了大门。他似乎能感受到她的呼吸，他似乎能感觉到她的双手握在了他的手上。他想象着她是如何迫不及待地将满篮的鸡蛋扔在一边，而在鸡蛋落在石板上之前，她湿润的双唇已经吻住了他。在黑暗中，他看起来也许更像莫里西。

他推着车，没有骑。这样他也许可以在进屋之前先找个地方坐下来，透过窗户注视她一会儿。然后他会敲门，询问她的"老爹"叔叔，他是否想要几个早晨才下的鸡蛋。

整个早上沃尔特都在鸡棚里精挑细选出最好的鸡蛋。他冲着母鸡吟诵威廉·布莱克的《天真之歌》，它们愤怒地注视着他，然后咯咯咯惊恐地走开。

沃尔特将鸡蛋一个个地放在他的大篷车边，然后他找来一把旧牙刷，并在一个木桶里盛满了温热的肥皂水。

沃尔特一颗颗地将鸡蛋上的羽毛和渣滓刷下，他发现他的母亲、父亲，还有弟弟，都正透过大篷车上的窗户注视着他。沃尔特的父亲坐在轮椅上，小弟弟坐在他的膝上。他的母亲站着，脚上穿着一双毛茸茸的拖鞋。她用指关节敲了敲薄薄的窗玻璃。

"沃尔特，你在洗鸡蛋，是吗？"

"你要喝杯茶吗？"他爸爸坐在轮椅上大声问道。有一次他伸手想要去拿一个东西，可是那个东西太重了，于是他摔了下来。他在地上躺了几个小时，对自己的命运不得而知。

小鸟最先出现在天空中。然后一个同事发现了他。

一个在利默里克的医生坚信不出十年，他们就会找到医治他的技术。他没有瘫痪，他们说——只是神经的问题。每个人都说这和从悬崖上跳下那件事有关——他的背从那时起就落下了病根。

沃尔特喜欢推着他的父亲上街闲逛。轮椅的小黑轮在鹅卵石上滚过后便会发亮。从他们身边经过的车辆都会慢下来，车内的每一张脸都茫然而空洞。

上一次沃尔特推着他的父亲来到了距离大篷车三公里外的新开的超市，他注意到父亲的头发是如此的柔软。他们在超市里吃了甜甜圈，喝了又浓又甜的茶，以此当作午餐。在回来的路上，当他再次注意到他父亲越来越薄的皇冠时，沃尔特忍不住想哭；他似乎觉得面前的这个坐着的人——这个佝偻着坐在轮椅中的父亲之王——不是他的父亲，而是他的孩子或他的兄弟；而生活实际是一场以灵魂作为彩票的抽奖。

沃尔特把他的鸡蛋拿回到他的大篷车内，然后继续着他未竟的事业。直到每一颗鸡蛋的表面都能照出大篷车的窗户后，他才坐到了他一直搁在床边（这不是吉卜赛人常做的事）的本田450上，抽起了万宝路。他喜欢他的摩托车被一只灯泡照着的模样。

天花板的角落里堆积着厚厚的蜘蛛网。这个大篷车以前是伊万叔叔的。现在它属于沃尔特，沃尔特爱极了它，他这一辈子都不会喜欢别的房子，无论它们多么富丽堂皇或者与众不同。

伊万叔叔决定使用灯泡的时候，沃尔特九岁。

沃尔特将鸡蛋放在桌上摆成一排，他将它们紧紧地靠在一起，这样就不会滚动。这张桌子曾经支撑过他叔叔的双肘，在那个很久很久以前的午后，他仔细研究灯泡的时候。

几个小时的布线和诅咒后，伊万叔叔终于成功地将灯泡拧进了插座里。沃尔特的父母亲都从他们的大篷车里被叫了过来。伊万想让沃尔特来打开电灯的开关，但是最终没有被允许。沃尔特的母亲说，伊万叔叔是奥运冠军，但不是电工。

当开关被按下，灯泡霎时变亮时，他们都欢呼起来。

"真是奇迹，"他的叔叔说，"这里头就好像有一个太阳在移动。"

"你该给你的货车接上电了，伊万。"沃尔特的母亲说。

他们四个坐在灯下，许久没有说话，最终他的母亲说：

"我们这么坐着跟傻瓜似的。"

伊万叔叔站立起来，将电灯又开开关关了好几次，然后他们一起去了一个酒吧，那里的酒保很乐意将他们的玻璃杯与其他的玻璃杯分开摆放。你必须明白吉卜赛人的卫生准则是有代表意义的，而非实际意义。

沃尔特不知道自己怎么想到了灯泡的事。随后他明白了是因为他的心也是如此的小，如此的明亮与温暖。他那天下午就要去送鸡蛋，唯恐这只灯泡万一会忽明忽暗甚至熄灭。

沃尔特转过身，看到他的母亲正站在门口。

"这些鸡蛋是给什么人的？"

"没什么人。"沃尔特说。

"一个女孩，是吧？"

沃尔特点点头。

他的母亲在他的脸颊上吻了一下。

"你的父亲也是这么对我的，"她说，"可是他从没为我擦过一颗鸡蛋。"

她递给沃尔特一杯茶。

"戴上头盔以后才能发动。我真不知道你为什么把它搁在这里——你的吉卜赛祖宗躺在坟墓里也会不踏实的。"

穿着拖鞋经过小花园的时候，她停了下来，将几双袜子从晾衣绳上取下。沃尔特看到了她的背后有他油油的手印。

过了一会儿，沃尔特听到他们的大篷车里传出了笑声。

然后沃尔特想象着他的母亲躺在她丈夫的身边，闭上双眼，身后的小孩柔柔地睡着。一切都暖暖的，暗暗的。外面又下起了雨，雨滴敲打在窗玻璃上。

然后，过了一会儿，孩子在他的小床内静静地醒了过来，他蹬着小腿玩耍，看着飘动的云朵，就好像温和的朋友一般。

沃尔特把摩托车靠在一棵树上，然后蹑手蹑脚地走到了厨房的床边。他慢慢地抬起头往里看去。

　　"哦，我的爱，我的爱。"他喘着气，凝视的双眼如同一张网那般罩住了她。

　　沃尔特的身体紧紧地贴在房子的石砖上，尽可能地向窗玻璃靠近。她伸着手臂，手上拿着的是一颗还没有吃完的苹果。她的手臂洁白发亮。她慢慢地咀嚼着，偶尔会拨动一下头发。

　　沃尔特渴望发生些什么——大火、水灾或者《圣经》上所描述的灾难，无论什么，只要能让他有机会冲进去解救她。

　　她的叔叔漫不经心地摆弄着壁炉，然后又坐了下去。他们一起看着一台黑白电视，互相没有说话。他们的注意力完全在电视屏幕上，于是沃尔特壮着胆子试着用衣袖擦了擦玻璃上的水汽，只可惜水汽凝结在玻璃的另一侧。

　　他的双眼将她的全身看了个遍，他的身体顿时没有了力气。她的腿是如此的修长，它们几乎同桌子一样高。她妹妹不在那儿——也许正在她的卧室里玩着娃娃，沃尔特默想。沃尔特想象她同她的娃娃们说话，用她细小的手指为她们整理衣衫，然后将她们带到一张放着塑料盘子和塑料食物的桌边，迫不及待地把吃的东西送到她们的嘴边。

　　突然沃尔特感到身上有一种强大而柔软的力量。他顿时了解了他在叔叔的书中所读到的肖像艺术家的痴迷；他明白了行吟诗人以及他们的悲伤的戴着马鞍的马匹；他理解了在薄暮下于茫茫大海中奋力前行的孤寂而绝望的灵魂；徘徊之人，迷失之人，已然凋谢而垂死的花朵。

年轻的沃尔特第一次感受到爱的力量，这个力量一直在他的头脑中绕旋。如果她决定在美国同他相见，他必定会一直走到美国去。

这些感受是从何而来的？沃尔特想。他从未碰过她的身体所制造的任何东西；他们也无肌肤之亲，甚至连在闹市中擦肩而过都未曾发生。所以对她的这些感觉——就好像他的身上各个地方都有火焰在燃烧——一定是长期以来就一直聚集在他的体内，等待被点燃的那一刻。

然后沃尔特又想到了一些别的。会不会只有初恋才是真爱？第一次的火焰被熄灭或者燃烧殆尽后，男男女女就会根据世俗的需要选择他们的对象，然后按部就班，重温初次纯美经历的感受——小心地看护那一度自燃的火焰……

沃尔特默默宣布，他的童贞是精神上的，而他已经将它奉献给了一个尚未谋面的人。具体的行动，无论是否会发生，都只是一种盲目而笨拙的安慰，其目的无非是确保人类生命的终结可以借由通过肉体来实现精神拆分的方式得以庆祝。

沃尔特在想自己还有能力做些什么——其他的情绪、感受、才华，甚至罪行，也许都会在某种条件下突然爆发。

他对童年的每个早晨都记忆犹新。他站在大篷车一侧的空地上看着乌云向前移动。他目不转睛地望着天，直到第一束光芒射向大地；河岸上浸湿的树木在狂风下不停翻滚；清晨的暴风雪就像从被扯开的枕头中纷纷落下的棉絮。沃尔特突然意识到这些东西都已经成为他的一部分。他童年所处的这个村庄永远会成为他的肖像画的背景。

他的思绪将他的经历像牛奶被搅拌成黄油那般变成他的领悟，与此同时，沃尔特又想到了亚当和夏娃，那不可避免的堕落——他们的口中塞满了苹果；甘甜的果汁沿着他们的唇角流下；生活是相反事物所创造出的短暂的美，人类的生存依赖于冲突，依赖于肉体和精神被困于这个日渐衰老的躯体内所形成的两股力量。

他开始明白他行为中的每一个变化。

接下来的那几天，沃尔特一直在她可能出现的路上骑着摩托车。他梦想着停下来载她一程。

沃尔特一直在骑车，用尽他满载的汽油——风雨抽打着他的脸。然后他会在黄昏的时候去加油站，加油站里有个颜色鲜明的小卖部，里头有薯片、巧克力、桶装方便面、杂志（顶层货架上的那一类色情杂志）、生日卡片、香烟、地图，还有黑布丁。小卖部里的收银员疑惑地注视着沃尔特。

在爱尔兰的郊外骑小型摩托车的最大危险在于野生生物——尤其是山羊，它们在沃尔特即将呼啸而过的时候会齐齐地跑上道路。

黑夜降临。沃尔特瑟瑟发抖。雨已经停了，但他的衣服依旧是湿的。站在窗边的时候，他开始觉得很冷。

当她看着电视上的什么东西大笑时，沃尔特也跟着笑。有一刻她回过头来看向窗外，但是没有发现窗台上的那张男孩的脸，就好像一幅还没有完成的油画。

他在书中读到的东西并不正确——人们并不是用心来爱，而是用他们的整个身体。他身上的每一个部分都包括在内——他的腿里，他的手指里，都有她的存在，她的双肩似乎压在了他的肩上，她的头正靠在他洁白的胸膛上。沃尔特知道他会为她而死。他想到听过的所有老歌，它们来自于马匹、蜡烛，以及在篝火上大块大块地烤肉的时代。那些歌为水手而唱，女孩们用甜美而高亢的嗓音祈求上帝带回她们的爱人。沃尔特想象自己也是他们中的一员，她唱着歌将他从充满雾气的树林叫回她的农舍，他的马儿载着他小步跑在湿地间，他的双手因为抓着湿漉漉的缰绳而起了水泡，在寒冷的空气中，他的呼吸就好像白色的火焰。

沃尔特跪下身来，冲着脚边的湿草咳嗽了几下。然后他坐了下来，知道在墙的另一边就是他永远的爱。他能够感受到她坐在椅子上的分量。他想用麦卡锡神父禁止教会内小男孩做的方式来触摸自己——如果不是因为这也许会玷污他对她的纯洁的爱，他真的会这么做。

他想象着她的声波触碰着自己的身体，他的手指不由自主地插进了泥地。他变得僵硬了。他的嘴半张着。然后他突然向后弹去，因为他猛然看见一个人影正站在几米开外处。

"天啊，我的上帝！"

"你在这里做什么？"一个细小而惊恐的声音说道。一个小女孩。是那个小妹妹，她穿着外套，还穿着一双很大的橙色雨靴。她的一只手里抓着一个塑料的没有头发的娃娃。

"你家没有电视吗？"她说。

"什么？电视？"

"树边的那辆摩托车是你的吗？"

"我的什么？"

她转过身，指向摩托车。

"哦，我的摩托车——是的，是我的。"

"你能带我们骑一圈吗？"她问。

"我们？"沃尔特说，他突然充满了希望，"我们？"

小女孩举起了她的娃娃。

"行，"沃尔特说，"我可以带你和你的娃娃骑一圈。"

女孩惊喜得瞪大了眼睛。她对着娃娃的耳朵说了些什么。

"但是你得先告诉我一点东西。"沃尔特小声说。

"好的。"

"你姐姐在加拿大有男朋友吗？"

小女孩又看了一眼他的摩托车。

"那些鸡蛋是给我们的吗？"

"有可能——你得先告诉我你姐姐是不是有男朋友。"

"男朋友？"

"男朋友就是一个讨厌又无聊的家伙，他想在你姐姐面前炫耀自己，但总是搞得一团糟，却还是不明白他没有一个地方配得上她。你有没有看到过这样的人？"

"没有。"她说，不确定这是否是一个正确的答案。然后她用一个足够让屋内的人听得到的声音说："你是不是喜欢我的姐姐——这是不是你带了一篮子鸡蛋来的原因？"

沃尔特觉得害臊极了。

"没那么简单，你知道——你太小了，不明白的。"

"你会娶她吗？"

"你真的想知道？"沃尔特说。

小女孩点了点头。

"你觉得她会喜欢我吗？"

她使劲地点了点头。"我觉得她会的。"

"那么，这是个极好的开端，"沃尔特欣喜地说，"对了，我叫沃尔特。"

"我叫简。"小女孩说，她的脸上露出了小女孩与比她们大的人说话时常有的害羞神情。

沃尔特不介意同他说话的这个女孩才八九岁。在这个寒冷的秋夜，他能够听到教堂的钟声将音符像种子一般撒向村庄。他能够看到他们走向圣坛时麦卡锡神父严肃的脸。这个加拿大孤儿一袭白色，就好像天鹅皇后，她的眼睛像冰河一般笼罩着他、整个教堂、每一个出席的人，甚至香烛上方萦绕的轻烟。年长的女人们戴着漂亮的帽子，像昨日的花朵一般微微行礼。他会穿他的摩托车服，带着伊万叔叔的奥运金牌。

"我该怎么做，简？"

"外头有点冷。"简说。

"那就进去吧，"沃尔特说，"你会生病住院的。"

然后他后悔自己说了这话，因为他记起了她父母几个月前的遭遇。

"我为你爸爸妈妈的事感到很难过。"

简放下了她的娃娃。

"别担心，简——他们现在在天堂里，当你过完你漫长的一生，有了你自己的孩子以后，你就会再见到他们的，所以现在不必担心，他们没有真的死，他们只是不在这里罢了。"

简带着娃娃进屋了。

沃尔特听到门栓的声音，他想她也许会告诉她叔叔，然后他就会被他们发现，得跟他们解释他在做什么。

他想象着她叔叔穿着黑色雨靴走出来的样子。他慈祥的脸迅速地呈现出怒容。简指着窗户下方的草丛里一身是汗的男孩。然后他的爱人又羞又气，从远处审视着他；她身上的披肩好像收起的黑色翅膀。

他该说些什么？不出下个星期日，整个村子里的人都知道他是个爱偷窥的家伙。

爱情是无法解释的，沃尔特想，带着青春期张狂的梦想，他相信，在他年轻的心中，这八个字足以成为他的保护盾。

"爱情是无法解释的，"他大声说，"这就是为什么爱情会遭到毁灭。"

沃尔特不敢再看屋里的情形，他觉得自己必须走了——但是他有可能会再回来。他会把鸡蛋和一只手套留在门口——然后他得回来拿。门栓发出声音的时候他已经起身了。

他的心飞快地滚动，就快要掉到他的肚子里去了。

"是我。"简小声说。她递给沃尔特一杯温热的茶。

"拿撒勒的主呀,"沃尔特说,他大口大口地把茶吞下,"你是个小天使,简——但是你真的吓坏我了。"

屋子里,那位叔叔徒劳地到处寻找着他几分钟前搁在桌上的那杯茶。

茶喝完后,简指着农舍后方黑夜笼罩下的那个方向。

"我们现在得去大海了。"她说,沃尔特注意到她的一只小手中拿着两只红色的小桶,就是孩子们用来堆沙堡的小桶。

"大海?为什么,简?"沃尔特问。

"因为,"她说,"我一个人不可以去。"

"但是你不认识我。"

"我认识你。"她确信不疑地说。

沃尔特叹了口气。"你想现在就去?"

简点了点头。"必须现在去。"她说,然后指了指月亮。

"你叔叔怎么办?"

"他和我姐姐在看电视。"简说,"我们可以坐你的摩托车去吗?"

"不可以。"

"求求你了。"

"绝对不可以。"

简站着,看着他。她举起她的娃娃,与沃尔特的视线齐平。

"求求你,"娃娃说,她的嘴唇并没有移动,"别那么扫兴。"

"天啊,简——它吵得要命。"

简看着她的双脚。她的下嘴唇微微噘了出来。

"好吧，"沃尔特说，"如果我们要去，我们就得走路去。"

简拍了拍手，然后又对她的娃娃说了些什么。

"来吧，"沃尔特说，"你真的不冷吗？"

可是简早就走了出去，她小小的身体因为充满了令人窒息的渴望和肆虐的忧伤而前后晃动。

通向大海的小径崎岖不平；有时他们必须手拉着手，每一步都带着信仰，以及更多的勇气。

简

她坐在一块红色的毯子上，面朝大海。背着行囊和沙滩椅的人们在她的太阳镜前慢慢地走过。不久就得回家了。

毯子下的沙子已经形成了她身体的形状。她向下看着自己的双腿。它们并不是她想要的样子，但是就她的年龄来说，她觉得她的腿还算漂亮。她公寓楼下的小吃店里的西班牙男人常常在空闲时同她调情。在办公室里，她觉得那些年轻的女孩——助理和实习生——一定觉得她很老了。她不觉得自己已经老了。虽然她的脚时不时会觉得疼。她对生命的热情已经变成了对生命的领悟。同时她也能感到生活变得日益安静了。她的生活日益安静，就像派对过后，一片狼藉的长桌边只剩下少数的几个人，他们看着自己的酒杯，看着凌乱的座椅，看着彼此。

夏天即将过去，人们纷纷从东汉普顿迁去纽约。咖啡吧里的队伍变短了，在主街上找到停车位也不再是个问题。

远处，简的两个十来岁的女儿坐在水边，她们讨论着男孩子，以及一些只有姐妹间才知道的秘密。

简和她姐姐就是这么亲密。

她们长得也很像。

只是简有了纯正的爱尔兰口音，而她的姐姐却依旧不失其浓重的加拿大鼻音。她们的头发都是金色的，夏天的时候，她们会在花园里轮流给对方扎小辫。她们的叔叔则在一旁一边拣生菜一边吹小曲。

简的女儿彼此之间也很亲密。

她们都在沃尔多夫学校上学，每天一起吃午餐。简慢慢地明白了这个世界是如何将自己呈现给她的孩子。现在，厨房的电话总是响个不停，她们的看门人都认识了好几个男孩子。简只认可那几个遇到她时会紧张的男孩。

她的女儿们的生活是明亮的；所有的东西都是第一次尝试。

她自己的根深深地扎在土壤里——将她牢牢地按在原地。简觉得她应该也有能力为她的孩子们提供一个安全而稳定的避风港。她们在那里休息，坐在厨房的桌边，诉说那些会让她们流眼泪的事情。

她的孩子是她的一切。

来自母爱的庇护是简常常会想到的东西，因为她自己的父母在她很小的时候就丧命于一场车祸。然后她姐姐两年前在伦敦死于癌症。简的丈夫在葬礼上突然崩溃，他被送往国王十字的一所医院。

他一直都非常喜欢她的姐姐。

简认为，她姐姐从未从她们父母的事故中恢复过来，很久以前的那个早晨，当她看见烧黑了的残骸躺在多伦多外的高速公路上时，她自己的一部分似乎也跟着死去了。

第一辆开来的车看到了几处小的火焰在燃烧：出事了。没有人影。这个情景每天都会在简的脑海中浮现。年龄就好像耕地，事物的本质会逐渐被挖掘出来。可是只有当时日已过，我们已无力做出任何改变时，我们才拥有智慧。我们似乎是倒着生活的。

简知道她的孩子得自己悟出这个道理，所以她只有一条建议想对她的女儿们说。

她想让她们去海边。

笑声。

海鸥不厌其烦地一次又一次向下猛冲寻找零碎之物。

远方的一艘轮船腾起巨浪，浪花捧着金灿灿的余晖。

有一天，简想，这个时刻要过很久才会重来。

因为简明白，智慧就是知道该在什么时候倾其所有，然后看清你已经作此决定，并且不再回头。爱是通向永恒生命的道路，简想，而不是她在爱尔兰时所学的祷告。

并且她感觉到她触碰过的每一个人——无论是这么多年来亲密接触过的人还是在拥挤的电梯里擦肩而过的人——都是她生命中的一部分。

简擦了擦眼角，注意到她的毯子旁站着一个小孩，手里提着一个红色的小桶。

小女孩的眼睛可爱极了。她的肚子向前鼓着。她的红色小桶里盛满了水。简向她伸出手去，可她转身跑开了。

在她的上方，天空中漂浮着几朵白云。它们高高地悬于海上——注视着天涯海角人们的生活作息。

红色的小桶令简想起了沃尔特，很久以前，在爱尔兰，她跑到海边时，他把她叫住了。他粗糙的大手抓住了她，不过在那个时候，她不知道那还只是一只年轻的手。

海滩暗了下来，沙地被海浪推得严严实实的。雨滴逗留徘徊，就好像未被遗忘的言语。

沃尔特跑向海边，简还记得当他突然消失的那一刻她感受到的惊恐——但是很快他又出现在了她的身边。他找到了很多贝壳，他将它们放在她的手臂上。

她告诉他她父母的事，他听着，亲吻她的额头，告诉她他们不会把她丢在后头——人，就像小鱼那样，当潮水一次又一次地涌上岸时，他们有时会被困在岩石之间。

简不知道他的意思，她不明白究竟是她自己还是她的父母被困住了。

"如果你觉得孤独，简，"当他们将月亮放在小桶中带回家时，沃尔特说，"就听听海浪的声音——因为在其中你能听到过去和未来。"

在漫长的黑夜，当简躺在农舍里，她都会想起他的话。她在那里又生活了十五年。

有的时候，她相信如果她仔细地听，就会听到她父母从不知什么地方对她的召唤。

有几个早晨，在她睁眼之前，她已经忘了她父母早就不在了；然后就像其他被丢弃的人们一样，简又得重新开始。因为，无论有过多少经历，人们始终得做好准备重新开始，直到轮到别人做好失去我们的准备，我们才彻底摆脱了爱的痛苦，依赖的痛苦——这是我们为爱与依赖所付出的代价。

太阳懒懒地从空中逐渐落下，简站了起来，摘去太阳镜。她拍了拍腿上的沙粒。她的眼睛因为哭泣而肿了起来。她走过温暖的沙滩来到海边，她的女儿们互相挨着坐在那里。

她们看到她走过来，便挪了挪让她坐在她们中间——她感到兴奋而担忧，因为她即将告诉她们拥有爱陌生人的能力会给她们的生活带来什么样的快乐与悲伤。

她们知道她会说她们的父亲，沃尔特，他在悬崖边的吉卜赛大篷车里长大，每个圣诞夜，他都会将十二颗鸡蛋刷得干干净净，然后在圣诞节的当天送给她们的母亲。而她们——他的两个女儿——在圣诞夜的时候，则会同她们的朋友们打电话，帮忙把装饰物挂在圣诞树上，或者看着窗外渐渐消失的黑影，看着昨日愉快的忧伤，还有明日的希望。

树木摇曳的城市

一

有一天，乔治·弗拉克收到了一封信。是从很远的地方寄来的。邮票上有一只鸟。鸟的翅膀宽广而舒展着。它翱翔在一片树林的上空，身上有着红色的斑点。乔治在想，不知道这只鸟正飞向何处，还是刚从某处离开。

起先，乔治觉得这封信送错了人，可是信封上的名字是他的，地址也是他家的。

他把信打开，里头有一张纸，上面有蓝色的字迹。信封里还有一张照片，上面是一个有着一头棕色头发的小女孩。小女孩穿着一条海军蓝的涤纶裙，裙子上有很多的小红心。她的头发上还有一个粉红色的发卡。她的一双手小小的。

信纸上的字母差不多都成了圆圈，像一个个杯盏，每一个都因为盛着小小的愿望而变得沉甸甸的，牢牢地固定在了信纸上。

乔治读信的时候，他的嘴开始张开，他的喉咙里发出低沉的呻吟声。

他将信纸拿得更近，又读了好几遍。

134

然后他放下信纸，环视了一下他的公寓，仿佛每一个蒙着灰的角落里都有人在盯着他看。

壁炉上只有一张他的伯祖父萨拜因先生的照片，他像乔治一样，毕生都一个人住在城里某处安静的区域。

乔治莫名地在不同的房间里踱来踱去，信上的每一个字都在他的脑海中浮动；他在琢磨着这些字的意思。

当乔治发现自己在厨房里时，他下意识地伸手拿了茶壶。也许是因为心不在焉，他将茶壶摔在了地上。当他试着捡起碎片时，他发现他已经无法控制住自己不停发抖的双手，他的手上被割伤了好几处。

血染在了破碎的瓷器上，大滴大滴地落在白色的水槽里。

乔治坐在浴缸的边缘，用旧绷带将他的手包扎起来。他想象着在每一寸白色绷带上写下他的一生。他会选择什么样的词句；他所写的东西会不会有些并不符实；他是否会提到自己想做而未做的事，想见而未见的人？

乔治坐在马桶盖上，看着自己绑着绷带的手，这样坐了两个小时。当他开始感觉有些昏昏沉沉时，他脱去了衣服，钻进了被褥。鲜血浸透了绷带，床单上留下了血渍。

屋外，一辆消防车疾驰而过，呼啸的警报声忽高忽低；警报声时而逼近，时而远去——两者之间，难以辨别。

天黑的时候乔治已经睡着了。当人们陆续回家后，城里的各个厨房都相继亮了起来。在乔治进入他的第一个梦境时，这个未知的世界还一如既往地运作着。有人穿着厚厚的外套在他的门外遛狗。

女人们看着电视睡着了；另外一些则因某些不良的原因而彻夜不眠。同其他的城市一样，这里也有许多孩子从楼上的窗户观察着外面的马路和街道，他们的头脑中形成了很多的小问题，就像雨滴在第二天的早晨消失不见。

第二天乔治睁开眼时，他的眼睛是湿润的。他的身体也是僵硬的。他伸展四肢，就像刚从冬眠中苏醒。

窗外的天空很明亮。黄色的太阳光芒透过窗帘上的小孔在床上形成了一些花纹。这些花纹伴着云朵的飘移而时隐时现。

乔治的第一反应是他做了个梦，但是生活立刻将他泼醒。他看到桌上信封的一角。那个小女孩的照片就在信的旁边。

厨房水槽边缘上的血渍已经干了，现在变成了深红色的圈。桌上的碎水壶片还没有清理干净，它们看上去就好像古老文明的残骸。

乔治没有去上班，也没人给他打电话询问他是否病了。

他时不时地检查一下信封上的地址，看是不是寄错了人。然后他再看看照片。又读了一遍信。

他一直在床上待到天黑，第二天又做了完全一样的事，他每隔几小时吞吃几片安眠药，在半睡半醒间脑中充满了童年的回忆。

半夜的时候，乔治突然醒来，满身是汗，呼吸急促。起先几秒，尚未完全消失的梦境让乔治以为自己已经死了，而现在的自己正处在过去的某一刻将要再活一遍——并且记得过去的所有，也知道即将发生的一切。对即将发生的任何事都了如指掌会是什么样呢？这个想法带着他，又将他领到了另一个梦境。

第二天中午，乔治才完全醒来。他在床上坐了一个小时，试图像拼拼图那样整理零乱的思绪。

当他躺下身来又沉沉睡去时，思绪的拼图自己动了起来，童年的那本书被打开了。乔治听见他父亲拿着钥匙打开前门的声音。他从办公室回来了。他的西装上有在办公椅上坐了一天而形成的褶皱。小小的乔治一动不动地坐在房间里，被电视机牢牢地吸引住。他想要被注意到。他想要像一颗河里的石子那样被舀取出来小心翼翼地捧在手里。每天晚上爸爸回家时，乔治都屏住呼吸，就像一个躲在舞台一侧的替补演员。乔治一直都准备着他最精彩的表演。

在梦里，乔治觉得自己正向电视机伸出手去，当叫喊声变得越来越大时，他也将电视机的音量调得更大。要是他们离婚就好了。学校里的孩子因为缺乏父母的关爱而被扯得粉碎，只留下他们从前的外壳——乔治感到羞愧无比，只希望在无聊的午后他父母能和他一起待在公园的池塘边。

而事实上，童年的乔治就像一颗小卫星环绕着他父母不幸福的世界。

然后他离开了家。他父母依旧待在一起，直到有一天他父亲从他的办公楼上跳下。乔治想象着他的雨衣飞起的样子，然后是重击，折断的四肢；人们惊诧地围在四周；某个人被毁灭的一天。

在葬礼上，乔治哭了，不是因为他父亲死了，而是因为他从来就不了解他。如果悲伤分成等级，他的悲伤则为愧疚的下一级。

收到那封信后的第三天，乔治仰面躺在床上，看着天花板上的裂缝。他想象着自己正行走在北极的某个小平原。

然后他睡着了，开始做这个梦。

他走过雪地，看到了照片上的那个小女孩。她穿着有小红心的裙子正向他招手。在梦里，所有的小红心都在跳动。乔治走近后，他注意到她有蝴蝶的翅膀。他向她伸出手去，她拍动翅膀笑着飞走了。她的笑声让他感到快乐。醒来后，乔治试着保留这个感觉，将其延续了几秒钟。在他的心里，一些没有发生过的事会驻扎逗留。

下午，乔治在他安静的卧室里喝茶。他擦去手上的血渍，认认真真地洗了个澡，将身上的每一个部分都挨个洗了个遍。他彻底打扫了一下他的公寓，将很多过去无比珍惜的东西都扔了出去。

第五天，乔治透过卧室的窗户，注视着后院光秃秃的树木、孩子的玩具，还有一只装了半桶泥的花盆。

虽然乔治住在城里，他晚上常常待的那个后房却非常安静。有时甚至还能听到邻居家狗的叫声和它轻轻的抓门声。这些声音不明所以地令他安心——但是在他的家门前驶过的公交车将道路轧得嘎吱作响的声音却令他感到不安与沮丧。

十年前大学毕业后，乔治慢慢地对他朋友都如何过活失去了兴趣。他对电话上闪烁的小红灯感到害怕，因为小红灯表示有留言需要他接听。他从不参加聚会，也故意忘却生日。他没有同他真爱过的那个女人在一起（她结婚了，住在康乃狄格）。他母亲有一天突然死在厨房的餐桌前，连茶都没有喝。他的手会莫名其妙地感到疼痛。他姐姐成了单身妈妈，而她的儿子则患有唐氏综合征。他的工作枯燥乏味，他感到自己的人生顶多就是宇宙中的一盏灯，在历史的某一刻发一次光，然后就被永远遗忘。

乔治有好多年都不曾有电视机。电视机会令他感到迷茫与孤独。乔治家附近的那个邮局最近在墙上安了台电视机——以此来安定排了很长的队伍而失去耐心的人们。于是乔治去别处买邮票，以此来躲开那个他觉得一无所知却滔滔不绝不肯罢休的声音。

但是乔治的邻居们却非常喜欢他。他的公寓在"绿点老人之家"的顶层，而且乔治所在的那个套间是唯一一个不属于"老人之家"的房间。这个房子在建造的初期是计划有一个全职护士的，可是多亏了现代社会各种各样的药片，居民们不再需要专业的护理。乔治甚至还能听到他们互相亲密，偶尔的打斗，还有哭泣的声音——如果他拿一个玻璃杯按在墙上仔细听的话。

之前的那个住客——有他的信时，人们还是会讨论他——是一个波兰来的木工，他在他的墙上打洞，然后用大半夜的时间再又割又锯地把洞补上。

乔治·弗拉克不是没有兴趣爱好的。他喜欢：

一、 中国式的大风筝

二、 穿着浴袍捧着一盒巧克力葡萄干坐在窗边

三、 新波派欧洲电影（仅在绿点的艾瑞克和伯特的小电影院看得到）

四、 星象

五、 天鹅绒的便鞋

六、 在公园里没人的时候从保温杯里喝咖啡

七、 他收集的全世界的史努比（中国的，北极的，俄罗斯的，澳大利亚的，等等）

八、 大卫·鲍伊的歌

九、 一只已经死去了的名叫戈达德的猫（它的名字叫起来就好像"天啊"）

十、 一场让所有人的计划都泡汤的大雪

乔治最后一次认真地谈恋爱是同戈达德。戈达德是一只流浪猫，有一天它在屋外突然出现，见到谁都迎面扑上。乔治同戈达德盖同一条毯子睡觉，有时乔治醒来时，手里握着戈达德的爪子。在"绿点老人之家"住了一年后，一个星期日的上午乔治出去买橙子和沙丁鱼，回来的时候发现戈达德跑掉了。它从开着的窗户钻了出去，然后小心翼翼地沿着安全梯爬了下去。

几分钟后，戈达德被一辆公车碾过。有个人把它放在一只鞋盒里，它无力的身子就好像一袋散了的骨架。

那天晚上戈达德死了，乔治赤身站在安全梯边，直到天黑下来，路灯一个街区接一个街区地点亮。然后一个邻居发现有个一丝不挂的人站在安全梯上大声吼叫。也许他是想自杀——用命运抗争是不可能的事。乔治爬回了屋内。他那天没有吃例行的巧克力葡萄干晚餐。滚落了一地的橙子也没有被拾起。

乔治手里拿着那封信，还有小女孩的照片，静静地坐在卧室床

边的木椅上。他想到了戈达德用头蹭他的腿的感觉。

乔治待在房里差不多一个星期都没有见人，那天乌云渐渐地在城市外围聚集，然后一瞬间突然大雨滂沱。乔治看见窗外密不透风的乌云向他卷来。大树被吹弯了腰，就好像有许多看不见的手压在了树的上头。街灯的光完美地洒在雨中，随着水滴落下。

车辆只得靠边停下。雨伞被吹开了花，就好像逃窜的乌贼鱼。

乔治从椅子上站起，走到衣橱边从里头拿出一条毯子。厨房的光线在这个暗淡的午后让人感到特别舒服。他向厨房走去，可走到半路又打消了泡茶的念头，他回到了卧室，打算整晚就待在那里了。那时是傍晚六点。

他坐了下来，将毯子展开盖在腿上。他穿着天鹅绒的便鞋和浴袍。雨水轻轻地敲打在窗户上，然后顺着玻璃流下，窗户上的雨水把后院给放大了。漆黑的屋顶在雨中发亮，一小群鸟儿一动不动地挂在空中。

乔治看着照片。照片上的小女孩会永远这么微笑。每一张照片都是谎言，他心想——它们只是真实事件的只鳞片爪。空中的乌云从一边飘到了另一边。用不了多久他们就会被黑暗所笼罩。乔治将小女孩的照片贴在脸颊上。在他的脑海中，他似乎能够感受到她的想象。然后她的心在他的心内跳动，他突然对这个孩子充满了渴望，这个被寄来的女儿——穿着有小红心的裙子，来自一个树木摇曳的城市；他在那个地方曾无数次地被充满希望与失望的咒文所召唤。

二

暴雨过后，黑暗笼罩了这个湿漉漉的城市。

那晚乔治一动不动地坐了很久，以至于在他意识到之前，夜晚已将他的脸庞印刻在了窗户上。透过这张脸庞，远处城市的灯光在大风中忽隐忽现。乔治向前探了探身。他面前的那个人影也向前探了探身，好像做好准备要听一个小声诉说的秘密。乔治想象他女儿的手正抚在他的脸上，好像盲人摸着路向前走。他在想她的感觉会是什么。

她会触摸他的脸吗？

她会想知道他的双眼诉说的故事吗？

她会觉得这张脸英俊吗？

也许她会在这张脸上看到她自己。

再然后，也许在某个时候，这张脸会成为她所牵挂的对象，她会渴望见到这张脸，当她半夜里从噩梦中惊醒时，这张脸会给她带来安慰。

乔治扯开一包巧克力葡萄干，一块一块小心地嚼着。他决定给他姐姐写封信。自从收到小女孩的照片后，乔治又激起了曾经的对他姐姐的爱；这份爱已经被埋于他生活的碎砾之下。当年他们的母亲在长椅上过世，手中还抓着酒瓶，自那时起，乔治和他姐姐便相依为命，虽然他们交流不多，但有时他们在车里的时候会手拉着手，有时也会一起边做饭边听大卫·鲍伊的歌曲。

142

有一年复活节的时候，乔治在她的卧室外放了几幅兔子的图画。那天下午当他在厨房的垃圾箱里看到这几幅画时，他怒不可遏地冲进她的房间，一把抓起她正在上色的彩蛋把它们扔在地上，然后一脚踩了下去。

乔治的姐姐直到长大成人才明白她的弟弟曾经是多么地敬仰她，也明白了没有她的友谊，他的生活是多么的孤独。可是那时乔治已经彻底地从她的生活中消失了。

乔治在想该在给她的信中写些什么。他从一个抽屉里找到一支笔和几张纸，然后在桌边坐了下来。他想打开台灯，可是里头没有灯泡。然后他想起楼梯下的壁橱里有两盒灯泡。于是他走去拿了一个。

几个星期前，乔治在下班回家的路上经过一个地方。他觉得那是一家商店。窗户里有几盒尿布，有一些被太阳照得发白的盒子，里头是蒙着灰尘的玩具，另外还有一摞女人的衣服以及三盒脏脏的灯泡，乔治看到这三盒灯泡，便想起自己需要买灯泡了。

当他要走进那家店时，却发现门是锁着的。他向后退了几步，想看看哪里写着营业时间，这时，门上的小面板打开了，一张脸露了出来。

"什么事？"那张脸说。

"那些灯泡多少钱？"乔治问。

那张脸上的眼睛疑惑地看着他。

"什么灯泡？"那张脸问。

"窗户里的灯泡——多少钱？"

那张脸收紧了，似乎有些不安，然后不见了，门上的小面板依旧开着。

过了一会儿，那张脸回来了。它好奇地瞪着乔治·弗拉克。

"那么，多少钱呢？"乔治问。

那张脸笑了。

"一美元。"那张脸说。

"一个还是一盒？"

"一盒。"

"好极了，"乔治说，"我要两盒。"

"好的，"那张脸说，"一共两美元。"

"税是多少？"乔治问。

"好吧，一共两美元十九美分。"那张脸说，然后又笑了。

一个星期后，那家店突然遭到警察搜查，紧接着又被嘴里叼着烟的市政人员用木板给围了起来。

乔治在楼梯下的壁橱里找到了他搁在那里的两盒灯泡。他拿出一个装在了台灯上。

他还没有完全把灯泡拧紧它就亮了。

然后他开始给他姐姐写信。

她是一个单身母亲，她的儿子叫多米尼克，患有唐氏综合征。从多米尼克出生起，乔治就从未同她说过话。乔治所知道的无非就是她在加拿大同一个有家室的男人度假滑雪时，在一天晚上，生下了他的侄子。乔治写下他姐姐的名字时，他想到多米尼克根本就不知道他的存在。

绿点老人之家——————————————————————
——————————————————————顶楼阁楼
亲爱的海伦，

　　我知道我从未从来没有如此给你写过信，我只是想告诉你我要去瑞典了。我还想向你解释我不跟你联系的原因是我感到很遗憾，你的生活被毁了。

　　今天下午我坐在窗边看雨。我在想我的生活——和以前不同了。我觉得自己不再为你感到遗憾，海伦，或者是因为那件事为我们感到遗憾。

　　我坐在这里的时候，生活正没有我而继续进行着。

　　如果不是几天前发生在我身上的那件事，我不会理解你和多米尼克的生活——虽然时不时会比较艰难——也许充满了我们小时候从未体会到的那份快乐。

　　我很快就会来看你。

　　行吗？

　　你会在车道上看到我的车灯。我会提着超市的白色塑料袋，里头是我买的吃的东西。也许我们三个在一起可以做做饭……就像我们小时候那样。我不能说我们做的很好吃，但那不是重点，而且你有没有发现自从货架上安上了自动洒水装置后食品的质量就提高了？

我现在还说不准什么时候会去看你，但肯定是在今年年底之前。

在这之前我得先做几件事——去一些地方，见一些人，我自己也得变成另一个人。

有一个人，对她而言我是这个世界上最重要的人，而我自己先前并不知道她的存在。

祝我好运……

你的弟弟

乔治　汤姆少校

p. s. 我觉得我的护照还搁在你那边的属于妈妈的那几盒东西里。你能不能尽快把它寄给我。**事关多命。**

p. p. s. 我以前有一只猫——但是它被车撞死了。我多么希望它能见见多米尼克——他们本可以在一起玩的。

p. p. p. s. 我很后悔有些事情没有做——而不是做了某些事情——很奇怪，是吧？

~~p. p. p. p. p~~ 最后：你还喜欢大卫·鲍伊吗？

此信附：两盒巧克力葡萄干

然后乔治划去了他的名字，写上了"汤姆少校"。

几天后，乔治办公室的人事科打来了电话。他们总是叫他弗拉克先生，乔治让他们叫他名字，可是他们不这么做。电话那头有两个人，有时候甚至都搞不清谁在和谁说话。乔治始终看着他的天鹅绒便鞋。过了十分钟，乔治的老板接过了电话。他听起来好像在嚼什么东西。他来自郊区，是个粗野的男人，他会在自以为没人注意的时候抠鼻子。

乔治说他不知道他们给他打电话有什么事。他老板问他是不是在开玩笑。然后他告诉乔治他被解雇了。乔治叹了口气。

"那么，好吧，"乔治说，"我要去瑞典待一段时间。"

那头很安静，然后他的老板说：

"该死的瑞典在哪里？"

"在斯堪的纳维亚——那个什么地方。"乔治边说边找那盒打开了的巧克力葡萄干。

过了一周，他的护照寄到了。包裹里有：

一、一副大人手套

二、一幅孩子画的鲸鱼，边上有用蓝色和黄色的蜡笔写的"祝你好运！"

三、一封他姐姐的信

四、一个单子，上面列着他们小时候一起做过的吃的东西

五、那三幅画中的一幅，它在彩蛋事件后被偷偷地从垃圾箱里解救了出来

他姐姐的信是写给"汤姆少校"的，署名是"地面控制"。

一条短短的 P. S. 写着："你真的达标了。"

三

在去机场的路上，乔治坐的出租车抛锚了。出租车司机用北印度语诅咒着，然后一把抓起仪表盘上的一个塑料小神像，冲着神像的脸大声叫嚷。

乔治向前探去，告诉司机说他有一个从未见面的女儿正等着他，而且他只有这么一次机会同她见面。司机给了神像一个吻，然后将之放回原处。他推开门，跑到了布鲁克林-皇后区高速公路上，挥动着胳膊。乔治注意到他穿着便鞋——上好的皮质。

几辆车紧急刹车停了下来，差一点撞上了一辆奇异面包车。面包车司机从车里跳出来，走到出租车司机的跟前。他的胸膛逼着出租车司机的脸。后头几辆车的喇叭声突然停了下来。就在面包车司机似乎要抡起拳头砸向出租车司机时，他们俩握了握手。后头的车又开始按喇叭了。

乔治爬进了面包车。面包车的后视镜上挂着一小面波多黎各的国旗。司机在车流中穿来穿去，就好像在给高速公路缝线。他一支接一支地抽着烟。一罐红牛饮料从杯架里掉了出来，全洒在乔治的天鹅绒便鞋上。司机大笑。乔治听到货车后面的面包被撞来撞去，闷闷地敲在车板上。

他们终于到了纽瓦克国际机场，司机看着乔治大声叫道："快走，混账东西，快走。"

乔治抓起包，跌出了面包车。然后他穿过大门全力跑向航站楼。

办理登机手续的那个女人有一颗玻璃眼珠。她告诉乔治离登机口关闭只有五分钟时间了。这时，一个戴着镶有假钻石的金丝边眼镜的壮硕美国黑人开着一辆机场高尔夫球车正巧经过，他叫乔治赶快上车，然后他们按着喇叭拨开人流向登机口径直驶去。

有一次，飞机在飞行过程中，乔治身边的几位乘客都睡着了——就好像跌入了自己生命之潭。

乔治回想着自己去机场的经过。他永远也不会再见到这些人了。陌生人之间的爱只在几秒钟内发生，却能延续整个生命。

然后他回想起六年前的那个晚上，他在纽约城的周边同一个瑞典的旅社办事员在一个卡车加油站待了一夜；那个夜晚是一个开端，因为那是他们唯一共处的一夜。想到和一个素未谋面的人意外地在一个陌生的地方共度一夜，并且而后诞生了一个最珍贵的人，这真是件奇妙的事。

六年前，乔治患上了神经衰弱。他不想打电话叫救护车，然后穿着内裤坐在长椅上等待。他决定自己开车去马萨诸塞州参加他前女友的婚礼，并且在呈上蛋糕的时候开口要钱。他似乎能看到自己被抓起来，关进精神病院。他想象着自己穿着浴袍坐在玫瑰园旁边的长椅上，护士们从身边经过，就像天鹅一般。这是何等美好。

婚礼是在星期六的上午。乔治星期五离开家，一刻不停地开着车，直到他的神经无法支撑。他从接下来的那个出口下了高速公路，跟随着前头的车辆。他在想那辆车里的人是什么样的，他们过着什么样的生活。他知道自己不会有机会看到他们的脸，他们的车灯即刻便会消失，他们会驶进他无从得知的地方。

然后乔治看到了一个红色的霓虹灯告示牌。

瑞德餐馆　建于一九四四年

他停下车，走了进去。

服务员穿着带有褶领的白裙以及黑色的马夹。桌上放着塑料花。外头的狂风呼呼地撞击着窗户。

这个小餐馆的对面——差不多五百米开外——是一家监狱，亮着灯。

餐馆的墙上有二十世纪五十年代的橄榄球运动员的照片。停车场上笼罩着积雪。天气预报说当晚有暴风雪，服务员们时不时地看看窗外，指指点点。

银器薄如纸片。乔治用一只手便将他的勺子掰折了。这把勺子令乔治联想到孩子的小手。

每一张餐桌上都低低地垂着灯影。乔治点了当天的特餐。他喝完健怡可乐后，服务员给了他另一罐。乔治的嘴里塞满了面包，因此当她将可乐放在他面前时，他只能点点头。

一个男人带着他幼小的儿子进了厕所。他们俩都戴着领带。小男孩不停地想要抓住他爸爸的领带。厕所的门口有一个大鱼缸，里头只有一只龙虾。乔治在想这只龙虾在想什么；也许它在想别的龙虾什么时候才能回来。

乔治也去了厕所，回来时，他的食物已经送上来了。鱼缸空了。乔治痛苦地吃了几口，然后便专注于那几勺令人难受的凉拌卷心菜，卷心菜有一半掉出了盘子。

屋外的野餐桌上堆着厚厚的雪。邻桌有一对夫妻在共进晚餐。他们同乔治差不多年纪。他们戴着围巾，边吃边大声地笑。他们点了一瓶红酒，红酒送上来的时候，酒瓶上还包着一条餐巾。为什么每个人的生活都如此完美？

在餐馆的另一侧，一个父亲将他的女儿高高地举起，就好像他刚把她从地里拔出一般。乔治感到有些头晕。窗户上挂着塑料的雪花。

乔治付给服务员的小费是他前女友的生日，十九点七二美元——比那顿饭还贵。

他知道他离第二天婚礼的举办场所只有二十分钟的路程。因此当乔治看到餐馆不远处有一家旅社的告示牌时，他便随着闪烁的箭头向那儿开去。旅社有一连串的小木屋，每一间的门都是一样的颜色。停车场上排满了货车，货车的引擎就像猪鼻子一般，冲着月光忽隐忽现，时不时地喷着烟。

司机们都四下闲逛着，抽着烟，跺去靴子上的雪。

登记台的上方亮着一盏长条日光灯，灯罩不见了踪影。柜台上的烟灰缸里满是烟灰，但是没有烟蒂。柜台上还有一本月历，上面是一张麦克牌货车的照片。

乔治按了按铃，等待着。可是没有人来。

正当他要转身离开时，一个黑色短发的女人出现了。

"抱歉。"她说。

"没关系。"乔治说。

她的脸上有痘疮，但她的眼睛非常漂亮。她的头发不很整齐，也许是她自己剪的。她说话带有口音。她说话的时候，好像在唱歌。

"一间房？"她问。

"对，谢谢。"乔治说。

"你是司机吗？"她说，眼睛看着登记册。

乔治想了一下，记起了屋外停着的那些货车。

"不，"他说，"只是一个普通人。"

那个女人笑了起来。

"二四五，"她说，"在三楼。你怎么付钱？"

乔治把他的信用卡递给了她。

"不能抽烟——有问题吗？"

"我不抽烟。"乔治说。

那个女人看了一眼他的信用卡，然后大声念了他的名字。

"乔治·弗拉克。"

"对。"乔治说。

"这名字很有趣。"

"是吗？"

"听起来像个假名字。"

"这个，不是假的，"乔治说，"多年来我都叫这个名字。"

"好吧，这是你的钥匙，乔治·弗拉克。"

乔治接过钥匙也谢过了她。不知道出于什么原因，他没有像通常那样径直走到房间倒头就睡，相反地，他向她转过身，问道：

"你是从哪儿来的——我喜欢你的声音。"

那个女人向他挨近了些。

"瑞典。"

"哦，"乔治说，"那么你很喜欢这场大雪了。"

"的确。"她说。

"你在这儿做什么？"

"你是指，在纽约这个不着边际的加油站工作？"

"是的。"

"一言难尽，乔治·弗拉克。你又为什么在这里？"

"我也一言难尽。"

一辆卡车驶过门廊，向着酒吧的方向不见了，只留下一股烟味。

"你要不要待会儿来我的房间和我一起看电视？"乔治说。

"好的，"那个女人头也没抬便回答道，"我过两个小时就下班——我需要带什么东西吗？"

"带一些橙汁吧。"

"要不要巧克力葡萄干？"她说。

"是什么东西？"乔治说。

"你看了就知道。"

一个小时后，玛丽同乔治一起坐在了他的床上。房间的氛围令人沮丧。烟蒂在地毯上烧着，一条运动裤被揉成一团塞在了抽屉里，烟灰缸满了，一个瓶盖滚落到了床底。

他们没有看电视，取而代之，玛丽告诉乔治她来纽约寻找她父亲的故事。她母亲说他是一个卡车司机——至少在一九七八年的时候是这样的。

"你选了一个好地方。"乔治说。

"我想是的。"她说。

"你在这儿多久了？"

"差不多三个月了——我下个星期就回去，因为我的签证到期了。"

"你没有找到他？"

"我以为我会认出他来的。"

"至少你努力了。"

玛丽将几颗巧克力葡萄干倒在了乔治的手上。

"我的父亲死了。"乔治说。

"这就是你那么不开心的原因吗？"

乔治想了一会儿。"正是。"他说。

"那你为什么来这儿，乔治·弗拉克？"

"我也不知道了。"乔治说，他钻进了被子。然后玛丽吻了他。

接下来，他们躺在彼此的臂弯里，互不言语。

第二天早晨乔治醒来的时候，玛丽已经不见了。床上满是巧克力葡萄干。他错过了婚礼。电视机的屏幕上反射出房间的景象。他洗了个澡，然后开车回家。高速公路上没什么车辆。

四

乔治乘坐的飞机降落在斯德哥尔摩机场时，天还没亮。停机坪上的飞机周围画着黄线，黄线内排着一辆辆无可事事的桑塔纳。

一群人站在行李车的周围，他们抬头看见飞机里的人透过小窗户向外张望。有几个人脖子上还挂着蓝色的耳罩。

一个孩子哭了起来。

乔治以为他旁边的那个人睡着了，可他突然伸出手摸了摸他的络腮胡子，就好像在检查乔治有没有将它偷走。

人们郁郁寡欢地向入境口走去，乔治注意到那个坐在他旁边的男人有一条腿瘸得很严重。没过多久他便落在了后面。三个机修工坐着电动车从旁边经过。

检查护照的那个女人几乎看也没看乔治一眼，他便突然开始等候行李了。他认出了同一架飞机上的几个人。大多数的乘客都是瑞典人，他们用唱歌般的嗓音小声地说着话。

他无法相信这事发生在他的身上，他是一个父亲——他现在身在瑞典。往常他连想都不敢想，并且将之视为噩梦的情形，现在成了他一生中最重要的一件事。

生活对他发出了召唤，并且，不加细想，他采取了行动。他在想也许自己正在成为他一直以来想变成的那个人。

　　在飞机上的时候，乔治列了一连串他可能会喜欢做的工作，他想靠这个来赚些钱支付以后在美国和瑞典之间的往返机票。或者也许他想在瑞典住下。说到底，他喜欢大雪的天气，并且他自己有一辆赛博车。

　　一个小女孩坐在行李车的边上，两条腿伸在车子的外头来回摇晃。她这么坐着，就好像在全家旅行的最后一天坐在码头上一样。她的双眼慢慢合上又张开。又有几个小孩子走了过来，他们也同她一样——坐在空荡荡的行李车上，晃荡着双腿。

　　行李区非常明亮，只是感觉有些落寞。人们注视着传送带上的一个个箱子和盒子。乔治坐在他的公文包上，就好像骑着一匹小马。他的公文包里唯一装着的是小女孩的照片、一张戈达德的照片、他姐姐寄来的东西，另外便是几盒巧克力葡萄干。

　　这是乔治第一次希望自己还保留着他母亲过世时留给他的那笔钱。那些钱他并没有用来偿还贷款，而是买了三十双天鹅绒便鞋和一些从中国进口的精美风筝——这些风筝他一只都没有保留下来。在这三十七只他从中国邮购来的风筝中，有十二只在新泽西的悬崖边放飞时被扯坏了。另外的一些则在飞行的过程中坏掉，然后点缀了麦克凯伦公园的树林。

　　乔治突然想到，如果他坐的那班飞机坠毁了，那么原因很有可能是他的某只失踪的风筝架在了挡风玻璃上，因为它想随着飞机一同起飞。

　　每个人都领了行李，然后向同一个方向走着。乔治跟随着他们。如果有海关，乔治也不确定他何时过了关。他跟着人群通过自动扶梯来到一个火车站台。他觉得自己一定在很深的地下，因为铁轨的上方似乎就是天然的岩石。站台上一尘不染，乔治似乎能够听到显示下列火车何时到达的霓虹灯所发出的低低的嗞嗞声。站台的报站都是先用瑞典语，然后用英语。

乔治在位于斯德哥尔摩市中心的火车站内的自动取款机里取了点钱，自动取款机瑞典语叫 Bankomat。

他的口袋里有几千克朗——可是他对当地的货价一无所知——乔治站在等候出租车的队伍中。一个穿着黄色连身衣裤的高大男人指挥着人们上出租车，这里所有的出租车都是桑塔纳。乔治前头有一个坐轮椅的女人，当协调员特地为她等不同型号的出租车来的时候，她只得坐在另一侧等待。乔治想为什么没有人帮忙把她抱上车。他甚至想自己来帮她，但是也许唯一一个能被允许抱她的人是她的丈夫。

出租车司机有一颗大大的脑袋和稀少的白发。他穿着一件黑色的皮夹克，手臂上写着"出租车一五〇〇〇〇"。他的两只耳朵上都戴着粗粗的银质耳环。

在酒店，前台的女士告诉乔治他必须等到下午两点才可以订房。他叹了口气，她问他想不想将行李留在那里，然后到什么地方去吃早饭。那时是上午十点，天渐渐地亮了。

他走在路上的时候，天下起了雨。起先雨不大，令人心旷神怡，可是不久雨大了起来，乔治浑身都湿透了。他一直往前走，想找个地方喝杯咖啡，可是沿街都只有办公室。

他希望有人能叫住他然后同他说话。他想告诉那个人这是他在瑞典的第一天，他来这里是要见他的女儿。

乔治在想沿街的办公室是否普遍都有又大又清澈的窗户，因为他满目所见皆是如此。

乔治时不时地停下脚步，看着办公室里人们开会的样子，或者是秘书在办公桌的下面将高跟鞋换成平底鞋。在一扇大窗户前，乔治不顾倾盆大雨站立了很久，他一直注视着里头一个将头发扎成一个发髻的美丽女人。她在擦一面用了很久的镜子的镜框。在她身后的架子上是一个小微波炉，上头有很多黑色的指纹，尤其是门的周围指纹格外多。

当乔治看到一个背着写有"国家博物馆"的购物袋的女人时，他向着同她相反的方向走去，他希望能找到这个博物馆，这样他就能避一下雨，然后坐下休息一会儿。所有的地方似乎都关门了。

这几个小时，乔治一直都在雨中走着。他从来没有湿成这样，也从来没有这么冷过。当他终于在酒店里订上房间后，他洗了个热水澡，然后穿着酒店的浴袍坐在他的床上。他把双脚擦干，然后用吹风机对着他的天鹅绒便鞋吹了半个小时。

他把信从口袋里拿出，看了看地址。她在斯德哥尔摩一个叫索德马尔姆的地方。

他拿起电话，照着信上的号码拨了过去。一个小孩子接了电话。

"喂？"乔治说。

"嗨。"那个小小的声音说。

然后安静了几秒钟。

"妈妈。"那个声音说，然后乔治听到了脚步声。电话那头的女人用瑞典语重复了她的电话号码。

"我是乔治。"乔治说。

"乔治？"那个声音说。

"乔治·弗拉克。"

电话那头深呼了一口气，似乎晕眩一般，然后便没有了声音。

"是她吗？"乔治问。

正当乔治想重复一遍这个问题时，他听到那个女人在哭泣。

他听到孩子柔和地用瑞典语对她的母亲说了些什么。

"我没想到你会来瑞典。"玛丽说。

"我知道。"乔治说。

然后玛丽对孩子说了句话，孩子显然抗议了一下。

"我叫她去她的房间等我，"玛丽小声地说，"因为我要求你，乔治·弗拉克——如果你只是想看看她长什么样，那么请你不要来。"

"我知道她长什么样。"乔治说，他向他的公文包看了一眼。

"哦。"玛丽说。

"她知道我是谁吗？"

"不，"玛丽说，"不过她每天都问我为什么她没有爸爸。"

"那怎么说？"

"我什么都没说，不过两个星期前，我告诉她你在美国工作。"

"你是在那个时候给我写信的吗？"乔治问。

159

"是的，乔治·弗拉克——你记得为什么吗？"

"是的，"乔治说，"我们如此应付发生在我们身上的一切，真是有趣。"

又是一阵寂静。

"我这么对她说以后，她开始在她的房间里贴满布什总统的照片，所以我意识到我犯了一个大错。我应该一开始就告诉你的。"

"我不生气。"乔治很快地说道。

"她的名字叫夏洛特。"

"我想要她认识我。"乔治说。

"她不认识你，"玛丽说，"可她非常爱你。"

然后她又哭了起来。

"你结婚了吗，玛丽？"

"我订婚了。我猜你也结婚有孩子了，乔治·弗拉克？"

"不，"乔治说。"但我有过一只猫。"

"你会见到我的未婚夫。他人很好，比我大很多——事实上比我大二十岁。是他鼓励我给你写信的。"

"真的吗？他叫什么？"

"菲利普。"

"他听上去是个好人。"乔治说。

"你能给我几个小时想一想吗，乔治？我知道有些过分，可是——"

"当然。我住在外交官酒店——你准备好了就给我打电话。"

挂了电话后，乔治躺在床上。他从公文包里拿出一包巧克力葡萄干，吃了一把。他找到一个写有酒店名字的大信封。乔治把他的登机卡、落在枕头上的那颗巧克力、几年来一直在他的外套口袋里的那根羽毛、浴室里的一小块肥皂以及他在飞机上画的一幅画——一个留着络腮胡的男人，一同放进了那个信封。

然后乔治拿起了桌上的一支蓝色钢笔，在纸上写了多米尼克·弗拉克。接着他写下了他姐姐的地址。

他坐在床上打开电视，又关掉了。

他拿起电话拨通了他姐姐的号码，他确认自己先按了国家区号。

电话一直响，一直响，一直响。

乔治在想海伦是不是在给多米尼克洗澡。他想象自己站在她的身边，提着一条毛巾。多米尼克红扑扑的小脸。窗外的白云。还有很多大树，以及不远处的大海。

过了几分钟，电话自顾自响了起来。

"乔治，"玛丽说，"我不想等了，因为我怕你会改变主意，然后这就会变成是我的错。"

"好。"乔治说。

"两小时后在斯卡森见——这个公园就在你的酒店附近，里面有很多动物。"

"外面还在下雨吗？"乔治说。

"不下了，乔治，看看外面吧。"

屋外，纽扣大小的雪花纷纷扬扬地落下，人行道上的行人都放慢了脚步看着这漫天飘雪。

在电话的那头，乔治听到了他的女儿在用瑞典语大声尖叫。

"她是不是在说下雪了？"乔治问。

在两个小时不到的时间里，雪停了，整座城市罩上了一层白纱——虽然不厚，但是雪地上依旧留下了人们的脚印和自行车划过的痕迹。

乔治洗了个澡，刮了胡子，刷了牙。他慢慢地穿上他最好的一套西装。紧接着他换上了随身携带的一双崭新的天鹅绒便鞋。便鞋的脚趾部位还有揉成团的塑料纸。

乔治从酒店走出来，沿着斯坦德沃根大街向东面的那座桥走去。穿过繁忙的马路后，他来到一个岔路口。一条小路上画着一个成人牵着一个孩子，另一条小路上画着一辆自行车。

天气很冷，乔治每呼出一口气，都会形成一团他生命的气息。

斯卡森是公园内部的一个公园。戈登，也就是公园所在的这个区域，曾是国王的私人狩猎区。穿着黄色氨纶运动衣、戴着厚厚的帽子的人们在跑步。河上有很多船只。乔治猜测这些船只会把游客带到斯德哥尔摩周围的那些荒无人烟的小岛上。很多小船都在冬季停业了，只有一艘甲板上还有灯光。乔治向那艘船靠近时，看到甲板上有几个人在工作，他们的工具都在他们的身边。乔治路过时，

162

其中一人向他说了些什么然后冲他挥了挥手。乔治微笑着也向他招了招手。

乔治经过一扇蓝色的铁质拱形大门进入了公园。大门上雕刻有金色的鹿头。鸟儿从一棵树飞到另一棵树。他沿着小径又看见了一条小河。乔治仔细看着树上有没有风筝的残骸。他想如果他能带一只风筝来该有多好。鸭子沿着河岸滑翔，更远处，天鹅透过河岸上的雾气大声鸣叫。

乔治来到斯卡森公园的入口处，发现自己是那里唯一的一个人。售票处一个戴着银边眼镜的男人向他招了招手。乔治走了过去。

"一张成人票？"那个人问。

"不，三张票，"乔治说，"我在等一个女人和一个小女孩，她们一个小时后到——我想帮她们买票。"

那个男人看起来有些不解。"我怎么知道她们是谁呢？"

"我也不知道。"乔治说。

"是你的家人吗？"那个男人提了个有帮助的问题。

乔治点了点头。

"那我就可以留意是否有一个长得像你的小女孩。"

乔治又点了点头，微微笑了一笑。

"你在哪里等她们？"那个人问。

"某个地方，我想。"乔治说。

"很好，"那个人说，"嗯，我想告诉你，斯卡森是一八九一年由阿图尔·哈塞刘斯建立的。"

"一八九一？"乔治说。

"我估计你会很吃惊。"

"我已经非常吃惊了。"乔治说。

"这正是我们想要听到的。"那个人说。他是一个乐呵呵的人。

乔治走过一个被遗弃的示范小镇，它应该是瑞典的缩影。小镇上有空的工场、空的学校、空的商店，夏天的时候，这里一定满是穿着季度制服的工作人员，还有舔着冰激凌的孩子。

隆冬的斯卡森则像乔治的生活——一个静静地等待人们来填补的世界。

几分钟后，乔治的便鞋上沾满了雪泥。鸟儿在公园的上空盘旋。乔治走过一片方形的耕地，里头有一块告示牌，上面写着"香草园"，这时乔治意识到他正站在一座山脉上俯视整个斯德哥尔摩。寒冷的空气里不停地传来汽车和火车的低鸣以及它们的回声，只有从远处的树上传来的鸟叫声才能偶尔将其打断。

乔治向百鸟园走去时，注意到一辆空着的儿童车。几米开外，一个矮小的女人正举着一个小女孩，好让她看到笼中的鸟儿。乔治看了看手表。离约定的时间还有一个小时。当他走近时，小女孩转过身来，似乎感受到了他的靠近。

乔治停住了。

他看了看小女孩，小女孩也看了看他。她先冲他微笑。正是照片上的那张笑脸。

164

她的母亲也转过身来，看着乔治。她从衣袖里抽出一张手绢，擦了擦双眼。

"你好。"乔治说。他的嘴动了动，可是声音很小，只有他自己才能听见。

"你好，乔治·弗拉克。"玛丽说。

她比乔治记忆中的模样老了许多。她的腰有些弯，头发扁平而稀少。可是她的双眼依旧美丽。

"他是谁？"夏洛特问她母亲。

"他是乔治，"她的母亲说，"说英语，洛特。"

"你好，"夏洛特说，她转向乔治，"我叫洛特。"

"我叫乔治。"

"你要跟我们一起走吗，乔治？"洛特说。

乔治拼命抑制着喉咙处猛烈的颤动。

"我很乐意。"他说。

于是，玛丽在不远处望着，洛特用她温暖的小手抓住乔治冰冷而颤抖的手，牵着他走进了百鸟园。

"这里的房子都是从瑞典其他地方来的，"洛特说，"这里也有很多野生动物，还有一只猫头鹰——两只猫头鹰。"

"真的。"乔治说。

"你最喜欢什么动物，乔治先生？"

"猫。"

"我也是！"洛特大声叫道。

他们走向猫头鹰的笼子，乔治感到有些晕眩。接着他的双腿突然没有了力气，他僵硬地跌躺在泥地上，看着天上的浮云。

洛特站着，看着他，不知所措。玛丽冲了过来。乔治听到湿漉漉的泥地上传来的脚步声，他开始大声哭泣，很多动物都从笼中探出头来。

从那以后，洛特和乔治保持一定的距离，尽管她会时不时地从口袋里拿出一颗糖果递给他。

"你还好吧，乔治先生？"她说。

"不太好，"乔治说，"事实上我吓坏了。"

然后玛丽蹲下来，抱住洛特的肩。她们身后的麋鹿依旧在嚼树叶。

"洛特，乔治是你的爸爸。"

洛特抬头看着乔治。

她的脸突然失了色。

"乔治是你的爸爸，洛特。"玛丽大叫道，她摇着洛特，好像她是玩偶一般。

乔治低下头看着自己的手指。

洛特大叫着跑开了。

她母亲朝她大叫，要她回来。

乔治，不由自主地，开始追她。他能够感受到脚下的泥土飞溅开来。他又感到有些头晕，可他的双腿用他自己都无法想象的速度向前飞跑着。远处，一个小身影绕过一个拐角。乔治跟随着那个人影。他又看到她了，她棕色的头发随着每一步绝望的跑动而上下跳着。他赶上她，抓住了她的肩膀，两个人都跌在了泥地上。

乔治抓住她，紧紧地抱住了她，前后地晃动她，他们的身子在泥地里形成了一个小坑，就像一个承载他们重量的摇篮。

一个给动物喂食的工作人员看到他们，然后叹了口气走开了。

当洛特伸出手臂抱住他的脖子时，乔治可以感受到他的脸颊上她嘴里呼出的暖气。这两片唇将整个世界的重量都压在了他的身上。

直到玛丽出现——上气不接下气地——他们依旧不肯松开。

洛特的头发有苹果的香味。

她的双手是那么的小。

天黑他们才离开公园。月亮就像踝关节一般挂在城市上空。河水撞击着沉重的船，环绕着斯德哥尔摩，重铸着这个没有结局的城市。

洛特在她的儿童车里大声地唱着歌。她举着乔治在博物馆的商店里给她买的小旗子。旗子上有一只猫。

洛特时不时地转头看着乔治，但是她的小脸蛋被罩在了暗处。乔治想象着她闪烁的双眼、毯子下的小手、温暖的呼吸，以及在泥泞的小径上一同回家的感受。

五

几天后，他们去了皇家园林的溜冰场。洛特在冰面上踮起脚尖不停旋转。他们玩到很晚。后来，他们在麦克斯——洛特最喜欢那家的汉堡——吃了晚饭。洛特吃下三分之一只汉堡后，又要了一份冰激凌。她说很甜，让乔治用他的小勺子也吃了好几口。玛丽的男朋友，菲利普，在下班后也来了。他销售家用电器。菲利普的前妻一九八五年为了另一个男人离开了他，现在他们住在哥德堡。菲利普自己的女儿已经上大学了。洛特喜欢偷偷拿走菲利普的帽子来逗他玩。

麦克斯汉堡的那个服务员是个斜视眼，因此没有一个人知道他在同谁说话。洛特觉得这很好笑，就连那个人瞪着她的时候也不例外（如果他的确是瞪着她的话）。那家餐馆的大门是橙色的。筋疲力尽的父亲们喝着咖啡，婴儿推车的手柄上对称地吊着购物袋。墙上贴着照片，展示着麦克斯汉堡的历史。

那个室外的溜冰场离餐馆不远。傍晚的天空中还有几缕浮云在微微飘动。在远处可以看到瑞典商业银行明亮的霓虹灯。

街灯是一簇白色的圆球，捧着一个半圆形的灯泡。很多建筑物都漆成了黄色。

乔治以前从来没有溜过冰。洛特拉着他绕着冰场中心的那个雕像转圈，那个雕像似乎注视着周围的一切，可是又好像什么也没看。

"我们在世界的最高点，"洛特大叫道，"这里是北极！"

玛丽和菲利普在旁边看着他们，他们的手臂紧紧地交叉在一起。

乔治松开手，他开始笨拙地尝试，尽量不要跌倒。

"快看爸爸。"洛特大叫。乔治知道他必须保持下去，虽然他现在的感觉好像他立刻就要摔倒，或者他的双脚顷刻间就要被夺去——他必须保持站立，他必须保持前行，在这个过程中他将学会该如何去做。

六

溜冰场冷得叫人难以忍受时，乔治和洛特便换上他们自己的鞋，并且找了一间咖啡吧暖暖身子。

这座城市寒冷而寂静，但灯火通明。

有很多事情需要解决。乔治、菲利普，还有玛丽将会好几个晚上在一起边喝杜松子酒边讨论该如何安排。他们四个都坚信会找到解决的办法。

洛特已经不再尿床了。她在想纽约是什么样。她在想她有没有机会站在摩天大楼的顶上看下面的人群。她把戈达德的一张照片放在她的床头灯边。她最喜欢的大卫·鲍伊的歌是《火星上的生命》。

他们坐地铁回洛特在索德马尔姆的家。路上，洛特跟乔治讲了人们在索德马尔姆海港曾经找到过一艘古船的事。

她说一六二八年，历史上最美丽的一艘船在出海前就沉没了。三百多年后，有个人决定找到这艘船并为其恢复活力。

洛特想知道纽约有没有博物馆。乔治告诉她有很多博物馆。她又问有没有猫咪博物馆。乔治说他也希望能有一家猫咪博物馆。

然后他想到了博物馆的理念：收藏物品；展示历史上的奇迹；呈现大自然、希望以及执着所创造的奇迹。它们以一种特有的方式被展现出来，因而人们不会将其遗忘、丢失或者误以为它们是日常生活中不屑一提的平凡物件。

附录：认识西蒙·范·布伊

我的出版商让我向你们说一些我生活中的事。我想向你们介绍我的生活，可是每次我动笔写关于自己的事时，我就会停下来想：

这事真的发生过吗？

还是这只是我的想象？

对于那些我写下的我认为是真实的部分，我会反复再三地读，并且对自己说："这怎么可能是真的呢，西蒙？你那时才三岁。"

所以我便将它删除，然后又回到了美好的空白页。

因此，我便致力于写我所知道的的确发生过的事（比如，在渡船上迷路；在牛场上把削铅笔刀作为磨刀棒用；被欺负），但是我又把自己逼入了死胡同：

当我在回忆（或者写下）记忆中的某段时，我会突然在一个含糊不清的时刻偏离轨道，然后发现自己其实是在创造故事。我觉得自己只有在故事的情节里，才能捕捉对于生活的真实感受，而如果我仅仅是在为过去的事件做大事年表，这些感受我永远也捕捉不到。

（我写下这段话的时候，正用小勺子喝着搅拌碗里的汤，正如我所担心的——小勺子掉了进去。）

所以当凯利（Harper Perennial 出版社的出版人）叫我写关于作者的这个部分时，我觉得其实我已经完成了——我写下了我认为在自

171

己身上发生过的事，并且充满诚意（这渗透在我的每一篇故事中），我觉得这正是在努力着同你们取得联系。

但是我希望我们不仅仅是如此。

我希望你所阅读的每一篇故事都是我们共进的一顿无言的晚餐。

如何寻找故事灵感

在这个部分里，试着让我闭嘴吧（你办不到的）。

我想要将你带到故事的幕后。我已经为我们做了三明治，也准备好了茶。一艘小船在翻涌的浪潮中上下浮动，船上有两条格子花呢的毯子……一起来吧。

如何寻找故事灵感

我（通常在冬天游客稀少的时候）到某个地方去，头脑中空空如也。找到酒店后，我便开始在街上闲逛。有时我一走就是一天——有时是一夜，有时在雨中（《树木摇曳的城市》中的斯德哥尔摩），有时在烈日下（《失踪的雕像》中的拉斯维加斯），有几次是在大雪中（《爱，始于冬季》中的魁北克城）。这是构建故事的过程中最令人享受的一部分，因为关键并不在于寻找故事，而是惬意地任由自己闲逛徜徉——就像某种异味。

很多人不理解为什么我总将故事发生的地点选在我所要去的那些地方——我自己也不理解。也许这只是蒙上眼睛后一根别针和一

172

张地图的事吧。

我是一个无可救药的闲荡主义者，我对于自己究竟想要看到什么一无所知。有一次在巴黎，我进了一家麦当劳想要买一份奶昔和一份薯条，我突然有了一种冲动，想要写下那个发生在巴黎的故事（《小鸟》）。我已将主人公定位于我在地铁上目睹的事件中的那个人——但我需要塑造那个人物的"灵感"，这个灵感我在吃薯条的时候突然找到了。

你不会想要到我的故事所发生的地方去——巴黎的麦当劳、布鲁克林的鞋匠铺或者罗马的某个灰蒙蒙的玩具店，橱窗的展示已经无从辨别。

要在某个地方创造出故事，我必须一个人去，也一直都是一个人去。如果我要去那里见一个朋友，那个人也必须是会让我独处，并且理解我需要安静及隐蔽的人。所有的作者都过着充满秘密的生活。所有的作者都是间谍。有时我回到家后才会动笔，但是在回家的途中我已经构思好了所有的细节并且塑造了我的人物。只有在孤独中我才能体会生活的真谛。只有在孤独中我才能环顾四周，看见最重要的东西。

二〇〇六年，我到意大利的一个叫莫雷诺卡拉布罗的小镇去寻找灵感。这个地方很难找。我一个人去，可是不得不见一个朋友的亲戚，因为他们会租给我一个小房子，让我在里面写作。我的朋友关照他们我在村里时不要来打搅我，他们也说会照做。可是我猜他们觉得有点奇怪和可疑，因此我不得不对他们实话实说，我告诉他们如果他们不让我一个人待着，我就不可能写出《静止而坠落的世

173

界》。我非常感激晚上家门口放着的那些包裹。包裹里常常是一顿美味的晚餐，还是热腾腾的。在意大利，无论你喜不喜欢，也无论人们喜不喜欢你，他们总会为你准备好饭菜。我常常必须逼迫自己独处——这在别处是很自然而然的事。

在莫雷诺卡拉布罗的另一个对故事有重大影响力的因素是那里的孩子是那么贪玩。我通常午后坐在沿街的窗前写作。一天下午，一个纸团从窗外飞了进来，落在了我的桌上。纸上画着一艘船，还有用稚嫩的笔触写的（意大利语）"你在那儿做什么？"

我在下面写了些字，又将纸团扔出了窗。

我听见楼下的鹅卵石上小鞋子走来走去的声音，一个孩子说（意大利语）：

"笔在哪里？"

几分钟后我收到了回复。就这样，我们之间形成了固定程式。他们常常人数多到一个老奶奶走出来举着扫帚将他们从我窗前赶走才会罢休。

这些经历让我感到自己的故事有了生命力。故事就构建在每个孩子盲目地爱着他们的父母——无论他们的父母做过什么——这一致美的真理上。我觉得从某种程度上说，是孩子们需要给他们的父母上课——至少让我们记起我们已经丢失的某些东西。

在那个村子里，人们也会在空塑料瓶里装满水，然后把它们放在门阶上。我听说这是为了防止狗或者猫（我不记得是哪个）蹲在他们的门阶上歇息。第二年，也就是二〇〇七年，我和我住在都柏林郊外的姨妈玛格丽特开车前往一个地方。我跟她提起了意大利，并且肯定也说到了这件事。最近，我母亲从都柏林回来后给我打电话，她跟我说了一件姨妈的怪事——她说玛格丽特在她的花园里放了二十几个塑料瓶，里头装满了水——因为她坚信这样可以防止小猫小狗在她的草地上尿尿。我母亲说她真不知道是谁想到的主意。

旅游的时候，我也试着体会那个地方的感受。这常常也得同我那天的心情相结合。冬天的斯德哥尔摩对于乔治·弗拉克而言是个绝佳的城市，因为白天如此之短，令人感到绝望，像极了乔治在得知洛特的存在之前的生活。但是对于人物的灵感是在我到了那个城市以后才有的。所以估计我得说乔治对于斯德哥尔摩而言是个绝佳的人物，而不是反而言之。

另一个关于《树木摇曳的城市》的细节是我就住在斯德哥尔摩的外交家酒店，并且在那里写下了这个故事（我至今还保存着酒店的钥匙）。就像可怜的乔治来到酒店时一样，我也被告知我必须等待八个小时，直到下午的登记时间到了才能住进房间。所以我不得不在雨中走了好几个小时，直到一个国家博物馆的管理员，一个深色头发的女孩，看我可怜，让我把我的衣服寄存掉，然后去咖啡吧喝杯热咖啡。我正是这么做的。这个博物馆非常有意思——如果你有机会去看一看的话——那里的工作人员对我也非常友好。

在《失踪的雕像》里，一个小男孩同他的母亲一起坐在一个赌场外面的墙上。她的男朋友在赌场里的某张赌桌旁。这基于一个真实的故事。上次我去拉斯维加斯参加书展时，同几个朋友住在一起——几个拉斯维加斯太阳马戏团的演员。晚餐时，他们的一个朋友提到有一天他从赌场下班后走出来，看到一个男孩坐在外面墙上的情形。我听了他的描述觉得很难过，晚饭后，我在街上走着，试着感受拉斯维加斯弥漫着的交替出现的希望与失望。我也去过那些大半夜时在街上行走也不会被人注意的区域——因为那里的人是那么多——然后叫一辆出租车，不一会就到了沙漠中，体会完全而彻底的孤寂。

如何给人物取名

在《树木摇曳的城市》中，主人公是一个名叫乔治·弗拉克的人。我在一件外套的内侧看到一块缝着的标签，上面写着乔治·弗拉克这个名字，这件衣服是我在上西城的时候从一个拿着箱子卖衣服的人那儿买来的。这件衣服其实是被挂在一个篮球场的铁丝围墙上。我刚看到这个人时，不知道他卖衣服做什么。我也不知道那件外套是怎么被挂到围墙上的。从远处看，外套就好像被困在了一个巨大的蜘蛛网上——而外套的主人则通过脱去外套而逃脱了这个可怕的宿命，得以继续走在西滨大道上。那个卖衣服的人向我打手势，叫我过去试穿一下。我照做了。一个路过的老妇人好像说了句："你穿真合身。"我不知道这件衣服是谁的，而我又是如何这么轻而易举地进入他们的生活——人们是多么乐意给你再一次的机会。所以我花了七美元把它买了下来。回到家后，我看到了那个标签：乔治·弗拉克。

我渴望田园生活，因此每年夏天都想在法国郊外的某个不起眼的农舍里待上一段时间。去年夏天，我在写作《爱，始于冬季》这则故事，我不知道该给男主人公起什么名字。在去索米尔超市购物的时候（我真的，真的非常喜欢法国的超市），我看到沿途有一块二十世纪四十年代留下的杜伯奈特（一种开胃酒）的广告牌，"杜"这个字被常春藤盖住了。当时在车上的那个人——还因为午餐时喝的酒而有些微醉——大声地说了"伯奈特"，并兀自笑了起来。我立刻想到"布鲁诺·伯奈特"这个名字很好听，同时又有些可笑，用法语的习惯来读和用英语的习惯来读会有不同的效果，我觉得挺不错。

《爱，始于冬季》里的女主人公的名字来自我十五岁的时候喜欢的那个女孩子，所以我可以利用当时的那种感觉——我依旧有清晰的印象。然而，我本来没想用她的名字：我的代理商不喜欢老派的名字，有一次他在电话上说这个名字"像个女巫"。

"汉娜怎么样？"他说，然后我想了一想："汉娜？天哪，我是多么爱她啊！"

关于人物的最后的几句话

旅途中我常常遇到有意思的人，偶然我还交到事后得以长期联系的朋友。然而，我不用这些人来创造故事，我用故事来表达我对这些人的感受。

我在不写书的时候做些什么

同我的女儿一起给娃娃设计、剪裁、缝纫、试穿衣服。我同我的女儿一起生活在纽约。

同我的女儿一起在我们见到的每个自动快照亭前拍照。

坐在长凳上喂鸟。

读书，因为我喜欢这些书，而不是我觉得我应该读这些书。

独自旅行。

听巴赫的音乐。

在机场闲逛。

跑步。

看二十世纪六十年代的意大利电影和法国电影。

做丰盛的晚餐。这些是我每周至少做三次的事情。我每次在某个地方找到灵感时，我都会试着找个食谱回家，这样我就会知道我笔下的人物在吃些什么。这里有两个食谱：

一、 罗马外交家沙拉（马克斯在罗马为他的女朋友做的一道很简单的菜）。要做这道菜，你需要：

新鲜的菠菜

一个橙子

罗马诺干酪

橄榄油和香醋

拿一个大盘子，在盘子的边缘放上一圈菠菜。然后削橙子，将每一片上面的最后一层皮也取下丢掉。（如果你比较偷懒，和我一样，你可以买灌装的橘子——但是味道就逊色了）把一片一片的橙子放在菠菜上，每片之间有两三厘米的距离。接下来，把罗马诺干酪切成薄片（大约像剃须刀片的大小和厚度），放在每两片橙子的中间。然后洒上橄榄油和香醋。我相信你肯定会做成功的。

二、 比夫・里德伯(洛特最喜欢的菜——她在玩过家家的时候教乔治怎么做这道菜)。要做这道菜，你需要：

六到八只中等大小的土豆

四大勺黄油

两只洋葱(那种会令你掉眼泪的洋葱)

一斤牛柳

辣酱油

鲜奶油

切碎的香菜

盐和胡椒

把土豆切片，同时把黄油放在锅中，使其溶化。轻轻地将土豆放入锅内，小火烧一段时间——然后把火加大，令土豆皮变脆(好吃！)。然后将土豆取出，放在一边——往锅里再加一些黄油来炒洋葱(别忘了把洋葱放进去！)直至洋葱变软。接下来，将洋葱取出，加一些辣酱油来炒牛柳。牛柳炒熟后，把它们放在盘子上，土豆和洋葱也在旁边。然后我会加一些鲜奶油，撒上碎香菜，再在牛柳上加盐和胡椒。我也喜欢配着烤面包片吃。这道菜在你阅读《爱，始于冬季》的时候会令你保持温暖。

我在写作的时候还喜欢吃冰激凌蛋筒。有时我的女儿放学回家看到桌子上有装蛋筒的盒子，便会问："你吃了几个蛋筒了？"

最后的话

我认为，如果你想写小说，那这会成为你所做的最亲密的事情，因为语言生生不息。

一百年以后，二一○九年，你不可能亲见的你的曾曾曾孙在走进学校的时候会想着你的秘密。

语言让我们接触他人，让他们感受我们心底的恐惧、希望、失望，以及胜利。让我们得以接触那些我们永远不会见到的人。

这是你所能留给你的孩子或者你的爱人的最珍贵的遗产：

你长久以来的感受。

这些故事正是我长久以来的感受。